MEURTRES À SAINT-JEAN-DE-LUZ

SENTINELLE

Elorri Polaschi

MEURTRES À SAINT-JEAN-DE-LUZ

SENTINELLE

LA GESTE

À mes parents
et à ceux et celles qui les accompagnent.

AVERTISSEMENT

Les extraits d'articles qui ponctuent ce texte, bien que remaniés pour les besoins de l'intrigue, sont issus du fil d'actualités publiés sur le Net durant la période dans laquelle s'inscrit l'intrigue. Ils sont véridiques et, pour la plupart, passés inaperçus tant la Covid-19 a envahi l'espace informatif…

Qu'hier ait existé
n'implique pas
que demain sera.

Opération *Dark Winter*, États-Unis d'Amérique 22 & 23 juin 2001

Dark Winter fut le nom donné à l'opération visant à simuler une attaque biologique de grande ampleur sur le territoire des États-Unis afin d'évaluer la capacité du pays à répondre à ce type d'atteinte, de mettre à l'épreuve les stratégies d'intervention existantes et d'établir les mesures et moyens à mettre en place pour que soient déterminée l'origine de ladite attaque et mise en œuvre une lutte efficace contre le virus.

L'exercice conçu par une commission d'experts suivit un scénario préétabli qui était le suivant : un foyer de variole découvert à Oklahoma City s'étend à tout le pays provoquant des pertes civiles massives, submergeant les capacités d'intervention d'urgence du pays et entraînant une panique généralisée mais aussi des événements connexes tels qu'une rupture sociale, des mouvements de foule et des violences réparties à travers tout le territoire.

Lors de la mise en œuvre de l'exercice, les 22 & 23 juin, les responsables politiques (qu'ils fussent fédéraux, régionaux ou locaux), peu familiers de la gestion de crise sanitaire, se contredirent d'emblée, semant ainsi une désorganisation générale. Pour leur part, les établissements de santé, mal préparés, ne parvinrent pas faire face à l'arrivée massive de patients dont l'afflux engorgea les services d'urgence. Dans un même temps, les tests de dépistage manquèrent et les rumeurs sur des remèdes miracles se propagèrent. Les mesures de confinement tardèrent à venir et comme elles furent mal définies, leur impact tarda lui aussi à être signifiant. En outre, le manque d'information et de pédagogie ne permit pas à la population de concevoir qu'un confinement ne puisse montrer son efficacité que sur la durée. Parallèlement, dans les quartiers dits sensibles, des émeutes anti-mesures restrictives forcèrent la Garde nationale à intervenir, ce qui n'aida pas à donner une image favorable du pouvoir en place dont on critiqua sans ménagement les agissements jugés ineptes. Comme on le constate habituellement en temps de crise, les extrêmes montèrent en puissance, comme les prédicateurs de tous bords et on se radicalisa.

En juin 2001, l'opération DARK WINTER mit en lumière l'incompétence des autorités si une telle catastrophe devait survenir. La réponse d'urgence nationale était loin d'être à la hauteur. Pour parer à ces insuffisances notables, la première action résidait dans la nécessité de sensibiliser les autorités de chaque état, ainsi que la population dans son ensemble, de la survenance possible d'une telle attaque. Faire prendre conscience au peuple américain du véritable potentiel d'une menace bioterroriste était le premier pas.

Tous les pays du G7 et ceux possédant une armée digne de ce nom menèrent des opérations de simulation similaires.

Les conclusions furent les mêmes pour tous.

Mais tous ne prirent pas les mêmes décisions, ni les mêmes mesures en matière de logistique et de prévention. Certains, pour ne citer qu'un exemple, stockèrent des masques et pensèrent à les renouveler. D'autres ne le firent pas.

De 2001 à 2019, les États-Unis mirent en œuvre quatre grands exercices de simulation dont le scénario varia peu de la première mouture. Le dernier, organisé en octobre 2019, postulait l'apparition d'un foyer au Brésil et la mort de plus de 65 millions de personnes à travers le monde.

Ce type d'exercice – comme toutes les simulations – vise à préparer les autorités et la population à anticiper certains réajustements logistiques et à minimiser l'impact d'une pandémie sur la croissance économique. Toutes ces opérations montrèrent que l'efficacité reposait sur la cohésion des responsables politiques et la prise de décisions à la fois fortes et rapides.

Outre la menace bioterroriste, notons que le rapport du *Global Preparedness Monitoring Board* de l'OMS a évoqué la possible émergence d'un pathogène respiratoire hautement mortel et à diffusion rapide, susceptible de tuer 50 à 80 millions de personnes – selon ses prévisions – et pouvant détruire 5% de l'économie mondiale.

Ce rapport date de septembre 2019.

PRÉLUDE

« Chaque tour de magie comporte trois parties, ou actes.
Le premier s'appelle "La Promesse" : le magicien vous
présente quelque chose d'ordinaire.
Le deuxième acte s'appelle "Le Tour" : le magicien
utilise cette chose ordinaire pour lui faire
accomplir quelque chose d'extraordinaire. Mais vous
ne pouvez vous résoudre à applaudir,
parce que faire disparaître quelque chose est insuffi-
sant, encore vous faut-il le faire revenir.
Alors vous cherchez "Le Secret" mais vous ne le trou-
vez pas parce que, bien entendu,
vous ne regardez pas attentivement. Vous n'avez pas
vraiment envie de savoir…
Vous avez envie d'être dupé. »

Réplique de Harry Cutter dans *Le Prestige* –
film réalisé en 2006 par Christopher Nolan

Politiques et scientifiques s'accordaient sur un point : le virus avait essaimé à partir du mois de décembre 2019, après s'être invité sur un marché de Wuhan, dans la province de Hubei, au centre de la Chine, via un pangolin – petit fourmilier originaire d'Afrique équatoriale – dont la viande mais aussi les écailles s'inscrivaient parmi les mets de choix de l'Empire du Milieu. Les mœurs culinaires des pays asiatiques avaient toujours dérouté l'opinion occidentale ; et il en était de même de ses croyances en matière de vertus accordées à la consommation d'animaux aussi déstabilisants que la chauve-souris, le serpent ou les insectes. L'épicentre de la propagation de ce nouveau virus de la famille des coronavirus, appelée SARS-Cov-2, se situait donc sur un petit marché de plein air de cette mégapole de 11 millions d'habitants où, selon les différents témoignages, se pratiquait la vente illégale d'animaux vivants, exotiques et sauvages tels les trois précités auxquels s'ajoutaient le blaireau, le rat, le renard, le louveteau, la salamandre-géante, le porc-épic, le chameau et, bien sûr, le chien. Et la liste était loin d'être exhaustive.

L'épidémie de SRAS qui avait déjà sévi en Chine dans les années 2000 et qui était partie d'une civette (petit mammifère proche de la martre, couramment présent sur les marchés de Canton) n'avait donc servi de leçon à personne ! Mais les superstitions et habitudes inscrites dans l'ADN même d'une nation ne pouvaient être balayées en si peu de temps.

Quoi qu'il en soit, nouvel exemple de zoonose émergente, le Covid-19 (telle était le nom plus commun donné à l'ennemi) s'était ensuite propagée à la population… parce que telle est la vocation d'un virus. Les symptômes de cette nouvelle maladie n'étaient pas bien méchants : de la toux, de la fièvre, des courbatures parfois et l'impression de manquer de souffle. Une étrange ressemblance avec la grippe saisonnière – rien de très inquiétant. Pourtant, très vide, l'insuffisance respiratoire prenait le pas sur les autres symptômes obligeant les soignants à intuber, à placer dans le coma pour gérer au mieux l'évolution du syndrome et monopolisait l'attention continue des équipes.

Après en avoir minimisé les effets, Wuhan vit se multiplier le nombre de malades et l'affluence des nouveaux patients engorgea les centres hospitaliers tout en faisant augmenter le nombre de décès. Aussi les autorités prirent-elles le parti de construire un hôpital préfabriqué à la taille de ses besoins, puisque susceptible de proposer 1 500 lits. Le chantier pharaonique mené en une quinzaine de jours seulement subjugua le monde entier, tant par sa rapidité d'action que par les questions que sous-tendait une telle urgence.

Nous étions au début du mois de février.

Vu d'Europe, ce chantier et ces Chinois malades relevaient, pour le quidam devant sa télé, presque de l'anecdotique… Comme le fait que l'on plaçât en quarantaine tout voyageur de retour de Chine, que certains pays refusèrent d'ouvrir leurs ports à des paquebots de croisière que l'on condamna à errer en mer avec leurs passagers confinés en cabine dont certains étaient contaminés.

Tout cela avait une étrange impression de déjà-vu, comme si on revisionnait des épisodes d'HELIX ou de THE LAST SHIP, ces séries fantastiques sur fond de catastrophe bactériologiques où les protagonistes parviennent toujours à sauver l'humanité grâce à leur héroïsme forcené. L'idée que cela n'était pas sans rappeler des scénarios de blockbusters ou de programmes proposés par Netflix avait quelque chose de presque rassurant…

Jusqu'à ce que la ville de Codogno, en l'Italie, ne devînt le foyer de l'épidémie en Europe et que le virus ne frappât à nos portes, annonçant l'imminence d'une catastrophe sanitaire mondiale.

De nouveaux termes inédits dans notre vocabulaire usuel firent leur apparition, des termes techniques entraînant avec eux l'ombre d'une menace invisible mais bien réelle : *cluster*, vecteur, facteurs de contamination, quarantaine, porteur sain, patient asymptomatique, *super-spreader*, confinement, gestes barrières, distanciation sociale…

Et chaque soir, les informations nationales égrenaient le nombre de nouveaux patients admis en réanimation ainsi que le nombre de décès.

Le 10 mars, l'Italie imposa le confinement à l'ensemble de sa population ; le gouvernement espagnol, lui, décréta l'état d'urgence le 14 mars après avoir identifié son principal *cluster* à Igualada, en Catalogne, à une soixantaine de kilomètres de Barcelone. Entre-temps, le 12 mars, le président français s'était adressé au pays pour annoncer dès le lundi suivant la fermeture des crèches, écoles, collèges, universités et sommer les Français de rester chez eux, afin de contenir au mieux la propagation du virus et permettre aux services hospitaliers de prendre en charge les patients atteints de la maladie – et les autres – dans les meilleures conditions. Le mardi 17 mars, à midi, la France imposa elle aussi des mesures de confinement et exigea de ses ressortissants qu'ils en appliquent les règles – pour la sécurité de chacun.

Ainsi, huit millions de personnes se retrouvèrent-elles au chômage technique ou partiel, certaines durent se mettre en arrêt pour garder les enfants et assurer l'école à la maison, ceux qui le devaient (comme les enseignants) et les autres qui le pouvaient découvrirent le télétravail. Bien sûr, certains considérèrent cela comme une offre de vacances ; entraînant familles et animaux de compagnie, ils prirent d'assaut les locations en bord de mer, rejoignirent leur maison secondaire et baguenaudèrent dans les rues désertées des villes de province où l'idée du confinement pour se protéger et protéger les autres avait été acceptée, où la mesure décidée pour permettre aux services de soins déjà trop sollicités de respirer était presque un soulagement. Ils ne le firent pas longtemps : la police et la gendarmerie, tel que l'imposait l'état d'urgence, contrôlaient, sermonnaient et verbalisaient.

Ainsi, le monde bascula-t-il dans l'irréalité d'un scénario digne d'un roman de science-fiction dont personne n'osait imaginer l'issue.

PREMIER MOUVEMENT

« Un maniaque, ça règle son univers au millimètre près.
Sinon ce n'est pas la peine d'avoir une manie.
Une manie, c'est fait pour organiser le monde,
pour le contraindre,
pour posséder l'impossible,
pour s'en protéger. »

Fred Vargas
L'Homme aux cercles bleus

Hart Island, Bronx, ville de New York, États-Unis – 10 avril 2020

Les images, filmées par un drone, avaient fait le tour du monde. Des hommes protégés par des combinaisons blanches, gants bleus, bottes de caoutchouc et masques œuvraient autour d'une tranchée creusée au bulldozer qui s'étalait sur une cinquantaine de mètres pour une largeur de cinq mètres environ ; on pouvait en estimer sa profondeur – à un peu plus de deux mètres –, au nombre de cercueil qui s'y empilait.

L'œil humain a, malgré lui, le sens des proportions – ce qui lui permet, entre autres, de prendre la mesure de sa peur.

Depuis les attentats du 11 septembre 2001, New York n'avait pas connu une telle crise. Cela faisait une dizaine de jours que les hôpitaux ne parvenaient plus à faire face à l'affluence des malades ; les services de réanimation étaient saturés ; on manquait de matériel, de place, de bras pour prodiguer les soins nécessaires ; les équipes médicales épuisées donnaient tout ce qu'elles pouvaient pour prendre en charge les patients mais ceux-ci arrivaient souvent à un stade déjà avancé de la maladie et les morts se multipliaient. Les pompes funèbres de la ville étaient elles aussi dépassées et, avec les mesures de confinement que le gouverneur avait décrétées avant que le président lui-même ne songe à les faire appliquer, les familles n'avaient pas d'autres choix que de laisser les équipes diligentées par la municipalité s'occuper des défunts sans pouvoir leur dire un dernier adieu. Avant d'en arriver là, les forces militaires avaient investi une partie de Central Park pour le transformer en un gigantesque hôpital de campagne où l'on accueillait les personnes au premier stade de la maladie, c'est-à-dire affectées par les premiers symptômes : fièvre, toux, essoufflements.

Malgré la menace et la peur, New York ne pouvait pas se laisser mettre à genoux. Quand bien même, elle se relèverait. Elle vaincrait cette crise, comme elle avait vaincu les précédentes.

Pourtant Hart Island qui servait jusqu'à lors de sépulture aux sans-abri, à ceux dont personne ne réclamait le corps et qu'enterraient habituellement des prisonniers désignés pour cette tâche, accueillait aussi désormais des New-Yorkais de tout horizon, des gens auprès desquels leur famille n'avait pas eu le droit de se recueillir et dont les noms sombreraient dans l'oubli, avalés dans la spirale des autres milliers de noms que comptaient les victimes de cette épidémie.

Chaque jour, les barges se croisaient sur les eaux de Long Island Sound, transportant des camions sur le plateau desquels étaient empilées des caisses oblongues faites de bois clair. Une fois débarqués, ils traçaient alors jusqu'au milieu de l'île dont la superficie était à peine supérieure à 53 hectares, moins d'un kilomètre et demi de longueur, où des tractopelles, telles de gigantesques insectes, les déchargeaient de leurs sinistres fardeaux, sans que les conducteurs ne quittent le volant, et les disposaient dans la fosse.

La scène rappelait d'autres heures sombres du siècle passé. L'ère des fosses communes et des enterrements à la hâte était une image récurrente dans l'histoire de l'humanité.

En temps normal, on enterrait vingt-cinq corps dans les fosses communes de Hart

Island ; depuis le début de la semaine, on en inhumait vingt-cinq par jour et la courbe était dans sa phase ascendante. Le pic de l'épidémie dont parlaient tous les scientifiques, sur tous les écrans, de toutes les chaînes, n'étaient pas pour demain. Des semaines, peut-être des mois, s'écouleraient avant que les statistiques s'inscrivent à nouveau dans la normalité, c'est-à-dire en la faveur de l'espèce humaine.

I

5:45

Les chiffres inscrits en rouge sang sur le cadran digital du réveille-matin clignotaient au rythme de l'alarme dont la stridence éventra les ténèbres. Une main semblable à celle qui hante les scènes de zombies émergeant de tombeaux décrépis dans les films d'horreur, surgit de dessous les draps, tâtonna furtivement la table de chevet et, en un clic, fit taire les vagissements suraigus de l'appareil.

La lumière du lampadaire fixé à la façade de l'immeuble, juste à côté de la fenêtre, s'immisçait à travers les volets au bois ravagé par le temps et l'usure. Comme les plaies d'une salve de coups de poignards, elle explosait en taches d'un orangé synthétique sur le mur situé au-dessus de la tête de lit. Au moment où le dormeur arraché à la vacuité d'un sommeil sans rêve leva les yeux sur cette fresque d'auréoles qu'il aimait à contempler en imaginant des formes et des histoires à la manière des figures de Rorschah, un camion s'engagea dans la rue. Le chuintement mouillé de ses pneus sur l'asphalte lui apprit que la pluie avait été une invitée de la nuit. C'en était terminé maintenant et, comme l'avait annoncé la dame de la météo après le journal de la veille, ce serait une belle journée au ciel dégagé avec des températures agréables pour la saison. Il s'en réjouit et se frotta énergiquement le visage.

5:52

Il avait trop traîné. Il s'extirpa du lit, ouvrit les fenêtres et volets en grand, tira la couette pour aérer son couchage et quitta la pièce qui lui servait tout à la fois de chambre, de débarras et de bureau. Il rejoignit le séjour-cuisine pour y prendre son petit-déjeuner en empruntant un étroit couloir encombré de cartons et de vêtements (des mètres carrés mal agencés qu'un architecte d'intérieur aurait sûrement rendus plus utilement habitables, comme dans ces émissions de déco qu'il aimait tant regarder).

Les premières lueurs du jour plongeaient la pièce dans un gris indéfinissable et nimbaient le sommet des immeubles alentour d'un diadème étincelant dans la nuit agonisante. Quel que soit le temps, ce serait de toute manière encore une journée parfaite durant laquelle la ville et ses rues, vidées de ses habitants, lui appartiendraient. Le macaron apposé sur son pare-brise et la carte professionnelle qu'il gardait dans la poche de sa blouse – celle posée sur son cœur – étaient son sauf-conduit : ils lui permettaient d'aller où il voulait, aux heures qu'il voulait sans être inquiété. Jamais de sa vie, il ne s'était senti aussi libre.

Dans un autre temps, il avait appartenu à la rue.

Mais la roue avait tournée.

La rue, désormais, lui appartenait.

La ville tout entière était devenue sienne.

Cette mesure de confinement décidée par les autorités pour contrer un virus débarqué d'Asie – comme les frelons et beaucoup de saloperies qui nous pourrissaient la vie – avait de quoi faire flipper : les informations à la télé, à la radio, sur les réseaux ne parlaient que de ça. Coronavirus, Covid-19, réanimation, engorgement des urgences, pénurie de respirateurs artificiels… Tous les maux qui percluaient la planète avaient soudain été supplantés par une affliction unique, concentrée dans le nom même de ce produit importé de Chine.

Il enclencha machinalement la bouilloire électrique qui se mit aussitôt à vrombir, et compta quatre cuillères bombées d'arabica qu'il versa dans la cafetière à poussoir.

Comme chaque matin, il était attendu à 7h 30 chez Monsieur Paul, heure à laquelle selon un emploi du temps bien rodé, il l'accompagnait au lever, à la toilette et au petit-déjeuner. À 9h 30, il reprenait son van et roulait jusqu'à chez Monsieur André avec qui, après avoir bu un café, il s'occupait d'entretenir le petit jardin (si le temps le permettait) ; il pouvait aussi lui faire une lecture commentée du journal du jour, ou disputer avec lui une partie d'échecs ou de cartes. Il le quittait vers 11h 30 après lui avoir préparé le repas de midi. Puis, le reste de la journée s'enchaînait avec d'autres adresses, d'autres personnes, d'autres rituels.

Pour chacune de ces visites, il était accueilli comme un Samaritain.

Pour chacune des tâches accomplies, il était l'Homme providentiel.

En choisissant de se lever plus tôt que nécessaire, il s'octroyait une bonne demi-heure de temps à lui (parfois même un peu plus), avant d'enchaîner sa course journalière à travers la ville. Ce temps à soi qu'il occupait à déguster son café en parcourant sur son smartphone son fil d'actualité et les réseaux sociaux, avant d'enchaîner sur sa poursuite de la lecture d'un bon roman policier, était son moment préféré de la journée (avec celui – moins avouable – qu'il s'offrait sous la douche à se caresser en repensant à une actrice dans une scène qui l'avait ému ou à une inconnue croisée dans la rue). Ainsi, s'offrait-il ce moment rien qu'à lui, comme une pause sur la ligne du temps…

En s'installant à sa petite table accolée à la fenêtre, il jeta un regard circulaire à son deux-pièces sans cachet, dénué de couleur et de décoration – l'idée même que l'on pouvait se faire du lieu de vie d'un célibataire sans envergure, ni projet.

Pour le profane, cet appartement était un modèle de médiocrité : meublé de bric et de broc, d'éléments achetés au rabais chez Emmaüs ou sur les étals fadasses de vide-greniers, voire récupérés dans le fatras laissé près des containers ou sur les trottoirs le jour des encombrants… Mais pour lui, Antoine Daubas, lui qui avait connu la rue et la loi de la jungle qui la régissait, c'était le paradis ! Le nid douillet dont il avait toujours rêvé, celui que ses géniteurs n'avaient pas été capables de lui offrir, celui que sa première vie lui avait refusé…

En le remettant sur les rails, un ange surgi du passé lui avait permis de le louer en lui offrant l'opportunité d'une situation stable. Un travail à la hauteur de ses compétences, de ses aspirations et de son besoin de prouver qu'il existait. Une reconnaissance à la fois humaine et sociale que chacune de ses journées de labeur lui renouvelait.

Pourtant, jamais il n'aurait pensé devenir « homme de compagnie »…

2

Depuis le premier cas, signalé en novembre 2019, jusqu'à ce que l'OMS ne déclare l'état d'urgence de santé publique de portée internationale le 30 janvier 2020, Iorik Zuhaitz était resté devant ses écrans, nuit et jour, à l'affût des informations susceptibles de l'aider à cerner, mesurer, anticiper, modéliser les évolutions possibles de la progression du mal à travers le monde. En ce vingt-neuvième jour de confinement, il poursuivait sa quête de données, étudiant heure par heure les variations observables dans certaines zones du globe pour en extraire des algorithmes prédictifs qui lui permettraient d'anticiper plusieurs schémas possibles et les éventuelles réponses ou orientations susceptibles d'y correspondre.

New York était un de ses principaux points de mire; comme l'Espagne, deuxième pays d'Europe le plus touché par la pandémie (derrière l'Italie mais devant la France), dont les images de sa patinoire transformée en morgue de fortune et celles des alignements de camions frigoriques sur les parkings de ces hôpitaux nourrissaient le fonds de commerce des chaînes d'informations en continu.

Partout dans le monde, le tableau était tout aussi sombre : une économie quasiment à l'arrêt, des avions cloués au sol dans des aéroports fermés, des populations sommées de rester chez elles sous peine de sanctions sévères. Soit environ quatre milliards d'humains confinés : certains chez eux avec leur famille, d'autres à l'autre bout du monde dans l'attente d'un moyen de transport affrété pour les rapatrier, d'autres encore prisonniers de leur lieu de vacances – l'enfer au paradis, comme pour ces croisiéristes retenus sur des paquebots dont ils avaient rêvé toute leur vie et qui resteraient marqués à jamais par un souvenir aux antipodes de celui qu'ils s'étaient imaginés.

Lancé sur les réseaux sociaux par les personnels soignants qui mesuraient déjà les conséquences de cette crise sanitaire inédite, *#Stay at Home to Save Life* était l'adage du moment et celui qui deviendrait sans doute la phrase résumant le mieux cette période de confinement au caractère surréaliste.

Pour le commun des mortels, l'épidémie – à ses débuts – avait été d'abord des chapelets de chiffres, des flots de statistiques et des tableaux qui tournaient en boucle sur les écrans, les réseaux sociaux, dans les journaux ; des images de gens anonymes dans les services de réanimation dont on avait flouté le visage ; des témoignages de soignants éreintés, impuissants puis des listes de noms de personnes décédées.

Le 12 mars, le président de la République s'était adressé à la France, donnant l'impression d'avoir pris place dans le salon des téléspectateurs, pour les mettre en garde contre ce satané Covid-19 dont on parlait tant et les préparer aux mesures à venir :

« *Partout en Europe, elle s'accélère, elle s'intensifie. Face à cela, la priorité absolue pour notre Nation sera notre santé. L'urgence est de freiner l'épidémie.* (…) *Nos enfants et nos plus jeunes, selon les scientifiques, sont celles et ceux qui propagent, semble-t-il, le plus rapidement le virus.* (…) *Ce virus n'a pas de passeport. Il nous faut unir nos forces, coordonner nos réponses, coopérer.* (…) *Chacun d'entre nous détient une part de la protection des autres, à commencer par ses proches.* »

Une première allocution pour annoncer, préparer les esprits à l'idée du confinement – quatre jours avant la date d'exécution, histoire de permettre à tous de faire des réserves en prenant d'assaut jusqu'à la plus petite épicerie de village et à ceux qui en avaient les moyens de se mettre au vert dans leur résidence secondaire ou dans des locations de standing. Quatre jours pour *se mentaliser* à la gestion de classe à distance, au télétravail sans jamais y avoir goûté, pour aller embrasser ses proches avant la claustration.

« *L'épidémie était peut-être pour certains une idée lointaine, elle est devenue une réalité immédiate, pressante,* assena le chef de l'État dans son allocution du 16 mars.

« *Nous sommes en guerre,* poursuivit-il d'une voix grave, *en guerre sanitaire, certes : nous ne luttons ni contre une armée, ni contre une Nation. Mais l'ennemi est là, invisible, insaisissable, qui progresse. Et cela requiert notre mobilisation générale.* »

Malgré ces mesures inédites et ces chiffres toujours grandissants, concevoir la situation demeurait difficile pour certains : 13 000 décès sur 67 millions, quand ça n'arrive qu'aux autres, ce n'était finalement pas grand-chose ; proportionnellement, ça fait du 2 ‰. Vu de leur petite existence égoïste, certains se dirent que ça allait passer.

Puis ces images de New York nous frappèrent au visage et réveillèrent en nous cette peur primitive qu'ont nourri les films catastrophes pendant des décennies.

Fermeture des frontières internationales aux voyageurs étrangers. Fermeture des établissements non essentiels : pubs, bars, restaurants, clubs, casinos, salles de gym, cinéma et boutiques. Interdiction des rassemblements de plus de 2 personnes.

Si les images de New York choquèrent les esprits, d'autres clichés mettant en scène la détresse humaine exsudaient la peur et l'impuissance : dans la ville de Guayaquil, en Équateur, plus de 800 cadavres enveloppés de plastique noir jonchaient les routes ou attendaient dans les habitations que les services funéraires les prennent en charge. Mais ils ne parvenaient pas à faire face : les morgues étaient déjà pleines et on avait fait appel à des prisonniers pour fabriquer des cercueils en carton afin de pallier la pénurie. Les services de santé dépassés par la situation ne pouvaient plus accueillir de malades, d'autant qu'un grand nombre de soignants étaient eux aussi contaminés.

Derrière ses écrans, et protégé par le triple vitrage des larges fenêtres qui laissaient entrer la lumière dans ses appartements, le Professeur Zuhaitz assistait à l'agonie du monde comme un scientifique observe le produit de son expérience dans une éprouvette maintenue à distance. Non pas qu'il fut à l'origine de cette pandémie, juste celui qui n'avait eu de cesse d'alerter les pouvoirs publics via les revues médicales notamment, sur les dangers d'une telle menace. En remettant son rapport au général Michael Hayden, alors directeur de la CIA, au début de l'année 2009, avant qu'il ne soit remplacé par Leon Panetta dès le mois de février, il avait craint que son étude ne tombe aux oubliettes, ne se perde sous une pile de dossiers concernant la localisation des cellules dormantes islamistes sur le territoire américain, l'étude de fond des doctrines extrémistes véhiculées par l'érection de mouvements transhumanistes, les actions récurrentes des suprématistes, aussi en avait-il confié une copie à Madame Alliot-Marie, ministre de l'Intérieur puis garde des Sceaux, mais aussi première adjointe au maire de la commune qu'il habitait.

Le rapport en question rédigé sur la base d'informations collectées à travers le monde, prenant en compte des faits singuliers que d'autres auraient dits anodins survenus à certains endroits du globe, le tout passé au crible de modélisations et d'analyses schématiques, se voulait une projection d'événements susceptibles de se produire dans les décennies à venir au vu de la conjoncture mondiale et de l'évolution galopante de la dégradation climatique et biosphérique. Il sonnait comme une mise en garde visant à alerter les pouvoirs publics de l'existence de menaces bien réelles, d'aucuns diraient aux accents prémonitoires, alors que l'avertissement relevait du bon sens.

« *Si l'on tient compte des dernières épidémies survenues en Asie*, avait écrit le Pr Zuhaitz, *l'apparition d'une maladie respiratoire, virulente et extrêmement contagieuse, et pour laquelle nos services sanitaires n'auraient pas de traitements idoines, pourrait provoquer une pandémie mondiale.*

Si un tel scénario se vérifiait d'ici 2030, ce qui ne peut que s'avérer au vu des cycles épidémiques observés depuis le plus marquant d'être eux, à savoir la pandémie de grippe dite espagnole de souche H1N1 qui fit plus de cinquante millions de morts au sortir de la Grande Guerre, le monde géopolitique serait la proie de tensions transfrontalières et de conflits internes liés au contrôle des flux de populations et à l'accès pour tous aux ressources naturelles.

La survenance d'une telle épidémie est, ce me semble, inévitable : elle est liée à l'évolution de nos modes de vie invasifs qui visent à la destruction des écosystèmes lesquels accueillent certains virus et par là même nous en protéger. En détruisant les hôtes, nous offrons l'opportunité aux virus, comme aux bactéries, de muter pour survivre. La mutation génétique naturelle, la recombinaison des souches virales existantes et l'irruption de nouveaux facteurs pathogènes tendent à mettre en péril l'espèce humaine. En témoignent la survenance des virus tels que H5N1, H1N1, le coronavirus du SRAS et d'autres souches de la grippe qui semblent avoir les mêmes propriétés.

Ce type de pandémie se déclare généralement dans des zones à forte densité de population, et à forte proximité hommes/animaux comme c'est le cas dans certains pays d'Asie ou d'Afrique – proximité qui favorise la mutation et la reprogrammation du virus dont l'objectif est de s'adapter au mieux à son hôte pour survivre.

En pareilles circonstances, la maladie tarderait à être identifiée comme nouvelle maladie émergente d'une part parce qu'œuvrant dans un pays aux normes sanitaires moins restrictives que les normes occidentales et d'autre part, parce que ses symptômes seraient similaires à ceux de maladies bénignes déjà connues.

Avec l'ouverture des frontières et le développement excessif du tourisme de masse – grâce notamment à la multiplication des vols low-cost –, le virus se propagerait à très grande vitesse, causant des foyers épidémiques partout à travers le monde, essentiellement dans des pays à forte densité et où la promiscuité s'inscrit dans le mode de vie, et exposerait la population mondiale à une contagion massive. En Occident, une telle pandémie pourrait entraîner des dizaines de millions de morts ; dans le reste du monde, la dégradation des infrastructures vitales et les pertes économiques entraîneraient la contagion d'un tiers de la population mondiale et la mort certaine de centaines de millions d'êtres humains – le milliard n'étant pas en l'occurrence une donnée virtuelle. »

Tout ce qu'il avait prévu était en train de se produire. La réalité collerait-elle à ses prédictions jusqu'à leur point final ?

Iorik Zuhaitz sonna avant de quitter sa chambre pour rejoindre la salle de sport. Une bonne séance de réveil musculaire était nécessaire pour le travailleur sédentaire qu'il était.

Saut à la corde, pompes, tractions, *mountain climbers*, squats, *jumping jacks*, tout y passait avant de monter sur le tapis pour 45 minutes de course à pied et de terminer par un petit peu de vélo.

La douche matinale faisait ensuite partie de ses plaisirs quotidiens auxquels il ne dérogeait pas. Tout comme il ne saurait déroger aux plaisirs du petit déjeuner, servi sous la verrière où il aimait se laisser bercer par le martèlement de la pluie les jours maussades. Quand il s'y présenterait, la table serait dressée exactement comme il l'imaginait et les journaux du jour seraient prêts à être parcourus.

3

Les mesures de confinement annoncées avaient obligé Mahia à réviser toute son organisation domestique. Habituellement, elle planifiait ses semaines quasiment un mois à l'avance en fonction de ses horaires de travail, des besoins de Xan et des disponibilités de Carole ; puis, elle réajustait si cela s'avérait nécessaire en faisant appel à ses parents pour gérer les imprévus ou ce qu'elle appelait des caprices – quand avec Carole elles décidaient, par exemple, d'aller au cinéma ou de se faire un restaurant. Leurs emplois du temps respectifs variaient assez peu et semblaient finalement n'être qu'une répétition d'une semaine sur l'autre, comme la redite d'un scénario auquel on n'imposerait que d'infimes variations telles que la météo du jour ou l'humeur des protagonistes, ce qui servait de cadre rassurant à Xan que la survenance d'événements impromptus contrariait profondément.

Bien qu'étant parvenue à donner à ses obligations professionnelles l'allure d'une routine régulière, celle-ci pouvait néanmoins subir des fluctuations liées à des impératifs qu'elle ne maîtrisait pas. Une enquête avait toujours certaines exigences auxquelles on ne pouvait se soustraire. Mahia avait cependant la chance d'avoir un supérieur des plus compréhensifs. Le commissaire divisionnaire Barnetche était un homme qui imposait le respect, mais sous sa carapace de dur à cuire, il cachait une propension à l'empathie et à l'altruisme qu'il ne dévoilait qu'en de très rares occasions et dont peu de personnes le savaient capable. Ces coups de sang étaient légendaires et le haussement d'un seul de ses sourcils suffisait à faire trembler toute la brigade et à la faire marcher au pas. L'homme avait cependant le souci du bien-être de ses troupes, il connaissait parfaitement chacun des individus qu'il avait sous ses ordres et savait en qui il pouvait placer sa confiance.

Mahia était de celles à qui Barnetche avait donné accès à certaines zones de son intimité, dont celle où il était le père d'Anaïs, une jeune fille âgée de 17 ans, atteinte du syndrome de Down, qui aimait à dessiner des robes qu'elle rêvait de créer un jour. La secrète blessure d'avoir un enfant différent avait lié des affinités entre ces deux-là qui dépassaient la sphère rationnelle des échanges purement professionnels.

En temps normal, Carole, enseignante, était à la maison vers 17h30 et pouvait faire le lien entre la nounou et les rendez-vous réguliers de Xan chez la kiné et l'orthophoniste ; mais elle avait des impératifs personnels, dont son groupe de running le mardi soir. Mahia, pour sa part, s'était inscrite à un cours de percussion où elle s'éclatait le mercredi et poursuivait son apprentissage de la langue des signes dans lequel qu'elle avait décidé de s'engager quand on lui avait annoncé que Xan ne parlerait probablement jamais.

Le petit garçon qui allait sur ses dix ans avait intégré après des années difficiles en classe ordinaire accompagné d'une auxiliaire de vie, l'IME où il s'était révélé. L'obtention d'une place en institut avait été un long parcours, semé d'embûches, difficile et pour l'enfant et pour Mahia qui s'y était épuisée… mais l'épanouissement dont faisait montre Xan depuis qu'il s'y rendait quotidiennement, et le bonheur avec lequel il quittait la maison le matin valaient qu'on se soit donné la peine de se battre...

Cette épidémie allait-elle remettre tout cela en question ? Si on fermait les crèches, les écoles, les collèges, les lycées et toutes les structures accueillant des enfants, qu'en était-il des instituts médico-éducatifs ? Qu'allait-elle faire de Xan durant cette période de confinement si Carole avait à assurer l'école à distance, si tout le monde était sommé de ne pas quitter son domicile et si elle était réquisitionnée pour faire appliquer à la population les règles décidées par le gouvernement ?

Si le confinement s'appliquait aux écoles, les IME relevant du médical et non de l'enseignement bien qu'ils employassent des enseignants dont celle qui s'occupait d'accueillir Xan, se virent dans l'obligatoire de proposer aux familles nécessitant de l'aide une assistance à domicile en diligentant leurs éducateurs spécialisés. Xan put ainsi côtoyer les personnes dont il égrenait les noms à longueur de journée sans comprendre pourquoi on l'empêchait de les voir. Ce fut pour lui une bouffée d'oxygène qui ponctua ses journées, apaisa ses angoisses, atténua ses cris et les stéréotypies qui s'accentuaient quand le monde ne tournait pas comme lui le voulait. Cela permit aussi aux deux femmes de respirer : quand Xan n'allait pas bien, elles n'allaient pas bien non plus, leurs relations devenaient plus compliquées et la maison tout entière était en péril… comme dans toutes les familles sans doute.

Cela permit à Carole – qui se levait déjà aux aurores pour envoyer ses cours avant que ne sonne l'heure habituelle du début de sa classe et se coucher tard pour être opérationnelle le lendemain – de travailler pleinement l'après-midi et à Mahia d'aller renforcer les équipes de police qui quadrillaient la ville et ses alentours.

Pour le commandant de police qu'elle était, rester à la maison alors que la période réclamait qu'ils soient tous sur le pont, n'était pas concevable.

Olympique Lyonnais vs Juventus de Turin, Décines-Charpieu (69), France 26 Février 2020

Près de trois mille supporters de la région de Turin et du nord de l'Italie sont venus grossir la masse de spectateurs présents ce mercredi 26 février au Groupama Stadium pour assister au match de la Ligue des Champions opposant l'Olympique Lyonnais à la Juventus qui s'est joué à guichets fermés, devant 58 000 spectateurs.

Après des semaines difficiles, les Lyonnais ont finalement gardé l'avantage imposé dès le début de partie et remporté ce match aller de 1/8 de finale face à l'équipe transalpine qui s'est montrée plutôt maladroite – d'aucuns diront malchanceuse.

Les cinq minutes de temps additionnel n'y auront rien fait, même si les Turinois avaient mérité d'égaliser en seconde période.

Le but de Tousart a fait le bonheur des spectateurs et donné une petite option à l'équipe lyonnaise pour sa qualification qu'il faudra confirmer lors du match retour prévu le 17 mars prochain.

On notera cependant, à la 89ème minute de jeu, l'action peu fair-play de Guimaraes sur Dybala, à la réception de la remise de la tête de Cristiano Ronaldo, que ni l'arbitre espagnol, Jesus Gil Manzano, ni ses arbitres de touche n'ont relevée.

Quant à l'action de Denayer sur Ronaldo, à la 84ème minute, pour laquelle l'arbitrage vidéo a été sollicité, la question « La Juventus aurait-elle dû bénéficier d'un penalty ? » reste posée.

Déjà certains crient au scandale, dénonçant un arbitrage ouvertement pro-lyonnais. Mais qu'en est-il plutôt de cette flagrante baisse de forme de Cristiano Ronaldo qui n'est pas parvenu à se distinguer lors de cette rencontre, alors qu'il a marqué lors de chacune des rencontres qu'il a disputées depuis le début de cette année ? Une prestation plutôt décevante pour ses fans que ce match OL-La Juve ! Pour sa décharge, l'entraîneur affirme que le joueur-star souffrirait d'un léger rhume, de quelques courbatures et d'une toux persistante mais sans gravité.

L'Olympique s'est imposée ce soir : 1-0.

C'est l'essentiel !

Il faudra conserver cet avantage en s'imposant lors de la prochaine rencontre dans trois semaines.

4

Délicats, ajustés, parfois empreints d'une infinie tendresse, les gestes qu'il répétait quotidiennement s'adaptaient à toutes les situations ; ils anticipaient et se réinventaient en fonction des tempéraments, des pathologies et des humeurs de chacun de ses *patients*.

Patients. Le terme n'était pas le bon. N'étant lui-même ni infirmier, ni docteur, ni même considéré comme un personnel paramédical, il sonnait comme un abus de langage. Et pourtant, comment les désigner autrement ? Et comment se désigner soi-même quand le regard des autres – excepté ceux de ses dits patients, vous transperçait d'indifférence quand il ne se montrait pas condescendant ou plus franchement méprisant ? Il aurait pu dire « clients », mais cela faisait trop mercantile ;

« assistés » était par trop dépréciatif; « habitués », « fidèles », « pensionnaires » ? Aucune de ses dénominations ne le satisfaisait, aussi préférait-il les appeler – et de loin – ses « p'tits vieux » qui exprimaient tout à la fois l'affection qu'il leur témoignait, son sens de l'abnégation et – en dépit de cette entorse langagière – le respect qu'il leur vouait sans concession.

Même s'il avait appris à ne pas s'en soucier, le poids du jugement pouvait lui peser parfois. Il le mesurait, le ressentait, l'expérimentait quand des membres de la famille des personnes qu'il accompagnait osaient intervenir sur son temps de travail.

« Je n'ai pas pour habitude de... », ainsi les reproches débutaient-ils souvent; ils concernaient des points de détail, de futiles remarques à propos de procédures, d'agencements, d'emplois du temps... Des mesquineries, autant de griefs qui n'étaient autres que l'expression d'une culpabilité déguisée, celle de fils et de filles trop loin pour s'occuper de leurs parents malades, trop pris par une profession tellement plus respectable que celle d'auxiliaire de vie, trop occupés par leur propre existence.

Autant de réprimandes qui pouvaient être aussi l'expression d'une crainte viscérale : se voir supplanter dans sa place de cœur et, pire encore, être dépossédé d'un héritage de droit.

Le fils de Madame Arlette était sans doute le pire de tous. Il habitait à deux rues plus loin, dans un petit appartement sis dans une résidence minable où il avait dû déménager après que sa femme l'avait planqué. Ce n'était pas étonnant. Le type était un archétype de goujaterie, de bêtise et d'arrogance. Antoine le soupçonnait en plus de boire. Son teint rougeaud, ses sautes d'humeur et son after-shave plus qu'agressif allaient dans ce sens. Il passait tous les midis pour manger avec sa mère, non pas par amour filial mais parce que ça lui évitait de payer un repas. Et il ne manquait jamais une occasion de se servir dans son réfrigérateur pour le repas du soir. Il en profitait, par la même occasion, pour vérifier si Antoine faisait son boulot et donner quelques directives, comme s'il était le chef de la maison. Le type était un flic… Un flic dans tout ce qu'il pouvait incarner de détestable. Quand Madame Arlette, devenue veuve, avait refusé d'aller à Trikaldi[1], l'empêchant ainsi de le laisser jouir seul de la maison, il s'était mis en tête de l'avoir à l'usure. Au prix où était

1. Trikaldi est une maison de retraite.

l'immobilier sur la Côte basque, il aurait pu s'acheter quatre appartements aussi minables que le sien avec la vente d'une telle villa ! Mais la septuagénaire, bien que souffrant d'une maladie de Parkinson avancée, avait toute sa tête et un caractère bien trempé, auquel s'ajoutait un certain ascendant sur son fils qui, malgré son assurance et sa carte tricolore, n'en menait pas large quand elle le remettait à sa place. Aussi devait-il se prouver sa valeur pour ne pas perdre la face : il aboyait donc sur Antoine pour retrouver son aplomb quand la vieille dame lui faisait passer un mauvais quart d'heure.

« Faites comme s'il n'existait pas, lui avait-elle un jour confié. Mon fils est un con fini, le portrait craché de son père. L'incarnation même de l'intransigeance. L'ingratitude faite chair. S'il vient me visiter chaque jour, vous l'avez sans doute noté, ce n'est ni par bonté d'âme ni par charité de cœur – il n'en possède pas ! Je suis un fardeau pour lui. Il vous doit beaucoup, mais il est bien incapable de faire montre de reconnaissance. Bienheureux de n'avoir pas à assurer les frais d'une maison médicalisée ! Vous êtes une aubaine, mon cher. Il croit – en vous employant à moindres frais – qu'il préserve l'héritage dont il s'est fait une idée parfaitement erronée. Soulignons d'abord que ce n'est pas lui qui vous emploie, mais bien moi et, par conséquent, c'est aussi moi qui vous paie et majore votre salaire selon ma volonté… Quant à l'héritage, je regrette de ne pouvoir être présente le jour où le notaire lui donnera la lecture de mon testament ! »

Madame Arlette était une femme délicieuse ; généreuse et cultivée, toujours attentionnée, elle accordait à Antoine une place de pair que personne auparavant ne lui avait octroyée. En ce sens, il n'était que justice de lui en être redevable. Aussi la protéger contre les assauts de ce virus qui, disait-on, se montrait bien plus virulent à l'égard des personnes âgées et celles dites fragiles, devint-il une priorité…

En cette période troublée de confinement, Antoine Daubas, auxiliaire de vie, prit doublement à cœur sa mission de protecteur. Un peu comme un super-héros vole au secours des opprimés, il se promit de veiller sur la sécurité et la santé de ses « p'tits vieux », coûte que coûte.

5

Gestes barrières et distanciation sociale. Ces deux grands principes faisaient partie intégrante de sa vie, et depuis bien longtemps. Quant au confinement, la notion même de claustration et d'enfermement définissait à elle seule son existence. Cet immeuble, datant de la fin du XIXe siècle, juché sur ce que les locaux appelaient La Jetée – une fine bande de bitume s'arquant sur deux bons kilomètres de l'entrée du port jusqu'à la pointe de Sainte Barbe – était à la fois sa carapace et sa vigie, voire son phare. Le bureau dans lequel il passait toutes ses journées, quels que fussent l'humeur, la date ou la météo, offrait une vue panoramique sur la baie de Saint-Jean-de-Luz dont son regard ne se lassait jamais. À main droite le fort de Socoa, né sous Louis XIII et prolongé par Vauban de sa digue que les déferlantes battaient lors des tempêtes hivernales ; au centre l'Artha, un brise-lames que venaient renforcer chaque année de nouveaux blocs de béton de cinquante tonnes chacun, déposés par un ponton tracté par le Babesla ; à main gauche, la pointe de Sainte-Barbe et sa minuscule chapelle posée sur le talus des Flots Bleus, site de prédilection d'une colonie de *serapias lingua*, une discrète orchidée épanouissant d'avril à juin. Cette vue magnifique sur l'océan qui s'ouvrait sur le reste du monde supposé se cacher au-delà de ces trois digues dessinées en pointillés sur l'horizon, lui offrait l'oxygène dont il avait besoin pour égayer ses journées ; alors qu'à ses pieds (si près – trop près ! – de ses fenêtres pourtant situées au dernier étage de la résidence qu'il occupait entièrement), la longue bande de sable léchée par des vagues nonchalantes où venaient s'entasser les baigneurs de la mi-mai jusqu'au milieu du mois d'octobre, le conduisait au bord de la suffocation.

La pendule digitale affichait 7 : 32.

L'odeur du café fraîchement coulé embaumait toute la pièce en dépit de sa grandeur. Le silence à peine troublé par le bourdonnement des unités centrales tournant en continu fut soudain traversé par les premières notes du *Concerto pour Clarinette et Orchestre* de Mozart. La lumière du matin sembla alors se diffuser sur la baie, en faisant scintiller la mer au rythme de la musique. Ce matin, le ciel était d'un bleu parfait. Une belle journée s'annonçait que bafouerait, selon la météo locale, un coup de *brouillarta*[2] en milieu d'après-midi.

Le monde était tellement plus beau depuis qu'avait été déclaré l'état d'urgence sanitaire. Il donnait à la ville une aura surréaliste de vacuité et une qualité de silence, probablement semblables à ceux qu'éprouvait le randonneur parcourant les ruines des villes mortes de l'Aragon sur les berges abandonnées du lac de Bubal dont les rues désertées laissaient aux oiseaux le pouvoir d'asseoir une nouvelle domination. Même si cette période était une épreuve pour le reste de ses congénères, le quotidien était à l'image d'un monde qui lui convenait.

Elle lui convenait tellement que l'effleurait, de plus en plus souvent, l'idée de descendre les marches, de pousser sa porte pour

2. Forte entrée maritime qui se traduit pour une subite rotation du vent à l'ouest.

faire quelques pas sur le trottoir, voire même descendre sur le sable en catimini au risque d'écoper d'une amende de 135 euros pour non-respect du confinement.

Le comble pour l'agoraphobe qu'il était.

Cela faisait vingt-cinq ans qu'il n'avait pas quitté le château, comme il aimait à appeler son domicile. Vingt-cinq ans que sa peur du dehors et des gens qui le peuplaient l'empêcher de franchir le seuil pour s'en aller déambuler dans les rues de la ville, sentir le sable glisser entre ses doigts et laisser les vagues chatouiller ses orteils. Vingt-cinq ans que la nausée et les vertiges s'accentuaient au fur et mesure qu'il descendait les étages pour atteindre le sas où il réceptionnait les colis et les commandes, toujours sans contact avec les livreurs ou le facteur. Vingt-ans qu'il n'échangeait plus un mot avec le couple installé au premier qu'il employait pourtant pour assurer sa subsistance, gérer les besoins de son quotidien et faire vivre la maison.

Agoraphobe et un brin mysophobe.

Mais cette pandémie était une aubaine, peut-être le guérirait-elle… Si son esprit envisageait une telle optique en parasitant ses pensées et ses rêves de sorties en plein air, c'était peut-être parce qu'inconsciemment il était prêt à l'envisager et donc à sauter le pas…

Iorik jeta un regard circulaire aux rayonnages de sa bibliothèque et s'arrêta longuement sur le pan réservé à la science-fiction : pendant des décennies, les auteurs avaient sustenté leurs lecteurs de récits apocalyptiques où les cataclysmes naturels le disputaient aux guerres nucléaires, où les invasions extraterrestres, les épidémies, les mutations génétiques décimaient une grande partie de l'espèce humaine, brossaient le tableau d'une planète à l'agonie, laissée pour morte, où une poignée d'individus, de survivants parvenaient à se reconstruire et œuvraient à la renaissance d'une humanité transformée. De tous ces romans catastrophes se disant visionnaires, il avait particulièrement aimé *Ravage* de Barjavel, *La peste écarlate* de Jack London, *La variété Andromède* de Michael Crichton et, bien sûr, *Le Fléau* de Stephen King. À ces fictions aux accents prémonitoires, il fallait ajouter leurs pendants cinématographiques qu'il appréciait tout autant et consommait comme on s'octroie une récompense.

Iorik dormait peu. Et travaillait beaucoup.

Grâce à ces fenêtres ouvertes sur le monde que lui offrait Internet, il avait accès au monde entier sous la forme qui lui convenait, c'est-à-dire sans contact, en se préservant de toute possible agression, en temporisant. Ainsi s'était-il formé au fil des années, avait-il tissé les liens qu'il avait envie de tisser sans avoir à subir une atteinte physique ni même d'intrusion dans son intimité. À 38 ans, il était un parangon de connaissances éclectiques mais pointues et un homme de routine ; ses journées étaient planifiées, rythmées selon un emploi du temps rigoureux qui lui permettait de faire tout ce qu'il devait faire, tout en variant les activités pour ne jamais trouver le temps long, donner de l'exercice à son corps et remplir la mission qui était la sienne.

Car on a tous une mission, un rôle à jouer sur la toile gigantesque que tisse l'humanité. Chacun est une pièce d'un immense puzzle qui se redessine, se redéfinit au fur et à mesure que défilent le temps et les événements qu'il engendre lesquels, à leur tour, impulsent à l'Histoire la direction qu'elle doit prendre, indéfiniment, dans une interconnexion donnant à l'ensemble son équilibre et ses vertus. Imaginez une construction mécanique parfaitement agencée, lancée dans un mouvement qui tout à la fois se définit comme une l'action même et ce qui provoque cette action ; imaginez parallèlement ces agencements de dominos qui incarnent si bien la notion de réaction en chaîne.

Il suffit qu'une pièce bascule pour que l'ensemble…

Il n'y avait donc pas de place pour l'imprévu dans la vie de Iorik qui ne s'ennuyait jamais. Il avait le contrôle sur l'existence qu'il avait choisi de vivre dans cette réclusion que personne ne lui enviait mais qui le drapait d'un voile de mystère et qui, tout à la fois, le protégeait de ce dont se nourrissaient ses angoisses et ses phobies, et flattait son égo d'homme soucieux de sa réputation.

Vivre seul ne signifiait pas être seul. Iorik avait un nombre d'amis et de relations que beaucoup rêvaient d'avoir. Sa notion d'interrelation entre individus différait de celle que les humains observaient habituellement, bien qu'avec l'émergence des réseaux sociaux, du web et des nouvelles technologies une grande partie de la population tendît à interagir comme lui le faisait depuis bien des années et de manière exclusive. Partager une bière à la terrasse d'un café, un plat du jour dans une brasserie, prendre un avion pour l'autre bout du monde et arpenter des lieux qu'il ne connaissait pas, des lieux ouverts sur l'infini, grouillant de monde et de germes étaient de ces activités dont la seule évocation lui déclenchait des attaques de panique, des crises de tachycardie, lui coupait la respiration et pouvait, dans le pire des cas, le faire convulser.

Il ne rencontrait ses semblables que par écran interposé et cela lui suffisait.

Son travail consistait à collecter des données, les confronter, les débarrasser des scories parasites, les analyser pour en tirer la véritable substance avant de les synthétiser.

L'afflux d'informations contradictoires sur la toile et les réseaux lui donnait une masse de travail incommensurable.

Ses domaines de connaissances et de compétences étaient eux aussi incommensurables. Iorik avait commencé à travailler sur le Net depuis ses dix ans et passé, au fil des années, l'ensemble de ses diplômes universitaires dans des disciplines aussi variées que l'informatique, la sociologie, la psychologie clinique, la mécanique quantique, les littératures comparées, la théologie, l'entomologie médico-légale, la criminalistique ou encore la musicologie – et la liste était loin d'être exhaustive car, chaque jour, il suivait de nouveaux cours, et en donnait lui aussi par visioconférence à des étudiants installés dans un amphithéâtre situé à l'autre bout de la planète. Car Iorik maîtrisait aussi une vingtaine de langues qu'il parlait et écrivait couramment, comme si chacune d'entre elles était sa langue maternelle. Grâce aux échanges qu'il avait régulièrement avec les grands noms des domaines dans lesquels il s'engageait, il s'était à son tour fait connaître, s'inscrivant parmi les élites mondiales d'experts. La pertinence de ces interventions et le caractère pointu de ces symposiums et articles étaient reconnus par les hautes autorités qui n'hésitaient pas à le solliciter pour qu'il donne son point de vue sur telle ou telle situation.

Salué par ses pairs dans toutes les disciplines où il excellait, bien que peu connu du grand public, le professeur Iorik Zuhaitz était un expert protéiforme, aux multiples talents, aux réflexions avisées et aux avis écoutés.

La pandémie mondiale était le thème sur lequel on lui avait demandé de travailler et depuis le mois de décembre, il s'y attelait sans répit.

Pour l'heure, cependant, certains événements survenus dans son environnement proche avaient éveillé sa curiosité en émettant un petit signal d'alarme et qui méritaient qu'on s'y arrête.

Sur le sable, à quelques encablures de la digue aux chevaux, une nuée de goélands argentés se disputaient la dépouille d'un gros animal rejeté par la mer. De son bureau, il ne parvint pas à déterminer à quelle espèce appartenait le cadavre. Il se rua dans les escaliers à hélice de la tour sud pour accéder au tout dernier étage. La petite pièce circulaire était réduite à son plus simple appareil : un fauteuil, une petite table affublée de sa lampe cloche et un télescope pointé sur l'horizon. Le temps qu'il y accède, d'autres oiseaux s'étaient invités au festin : leurs cris déchiraient le silence de cette heure matinale pendant que leurs gros becs voraces piquetaient les entrailles et les yeux de la pauvre bête. C'était un gros chien, vraisemblablement un bouvier bernois dont les maîtres inquiets attendaient à n'en pas douter le retour.

Il était donc temps d'écrire le SMS qui lui trottait dans la tête depuis quelques jours.

6

« Relisez Vargas »

Le message était arrivé alors qu'elle partageait son petit déjeuner avec sa compagne dans le silence de la cuisine. Un jus d'oranges pressées, du pain grillé, du miel et un café noir. Et du calme. Une denrée rare et appréciable. Du calme avant la tempête. Elles savouraient ce moment de silence et de paix chacune retranchée dans son bouquin ou le nez collé à l'écran de son téléphone. Chaque gorgée de café chaud était ça de gagner – une petite victoire…

Le babyphone qui leur servait de lien avec la chambre de Xan avait commencé à grésiller quelque vingt minutes auparavant, annonçant son réveil imminent. Bientôt, il claquerait de la langue avant de jouer avec l'interrupteur en appelant sa mère et il faudrait se relayer à ses côtés avant que ne s'enchaîne la journée, une valse tourbillonnante qui entraînerait un défilé d'intervenants se succédant à ses côtés pendant que sa mère irait travailler et que Carole s'enfermerait dans son bureau pour assurer ce que l'Éducation Nationale avait appelé la continuité pédagogique auprès de ses élèves de CM2.

Encore un petit quart d'heure à savourer… Mais la messagerie s'opposa à ce répit.

L'impérieux « RELISEZ VARGAS » s'afficha une nouvelle fois sur l'écran de Mahia.

« QUI ME PARLE ? » demanda-t-elle à cet interlocuteur dont elle ne reconnaissait pas le numéro, dans un réflexe presque pavlovien.

« LA QUESTION N'EST PAS QUI ? MAIS POURQUOI ?, COMMANDANT LENH-SHEING », avait-elle aussitôt reçu en guise de réponse.

Lâchant son smartphone comme s'il lui avait brulé la main, elle interrogea sa compagne plongée dans la lecture d'un pavé d'Alain Damasio…

« Tu connais un auteur qui s'appelle Vargas ?

— Oui, bien sûr. Fred Vargas…

— T'as des titres en tête ?

— *Quand sort la recluse* est le dernier en date, mais il y en a d'autres : *Pars vite et reviens tard, Debout les morts, l'Homme à l'envers...* avec des personnages récurrents succulents : le commissaire Adamsberg et les quatre évangélistes, notamment. Mon préféré, c'est *L'Homme aux cercles bleus.* C'est son premier. Sur les trottoirs de Paris, des cercles bleus sont tracés à la craie autour d'objets divers et anodins – un trombone, une bougie, une patte de pigeon – et chacun d'eux est accompagné de cette phrase qui sonne comme une rengaine enfantine : *Victor, mauvais sort, que fais-tu dehors...* »

Mahia ne l'écoutait plus. Carole était une dévoreuse de bouquins, une amasseuse, un rat de bibliothèque. Elle passait son temps à prendre des notes sur ses dizaines de carnets ou sur ses feuilles volantes qu'elle passait ensuite son temps à chercher comme elle le faisait avec ses lunettes (elle en avait une douzaine de paires !). Elle ne résistait pas aux boîtes à livres disséminées dans la ville, aux vide-greniers, aux bouquinistes ; elle ne pouvait pas passer devant chez un libraire sans y rentrer. Si bien que Mahia avait dû mettre le holà avant que ses volumes (déjà nombreux avant qu'elles ne décident de vivre ensemble) ne grignotent leur espace et ne les étouffent complètement. Carole se laissait complètement emporter dès qu'on la branchait sur l'un de ses sujets de prédilection. Vargas était l'un d'entre eux vraisemblablement.

« APRÈS LES ANIMAUX VIENDRONT LES HOMMES. »

Le quatrième SMS venait d'arriver.

« POURQUOI ? » écrivit-elle alors que Carole poursuivait sa tirade :

« La multiplication de ces cercles ceignant des objets de plus en plus gros intrigue et amuse les journalistes qui spéculent sur l'identité de l'auteur d'une telle farce ; mais le phénomène est loin d'amuser le pelleteur de nuages – comme Vargas appelle le commissaire Adamsberg. Et il a sans doute raison de s'inquiéter : un matin, c'est une femme égorgée que l'on retrouve dans un de ces cercles bleus… »

Mahia sembla revenir à elle :

« Tu as dit qu'il s'appelait comment ce bouquin ?

— *L'Homme aux cercles bleus.*

— Tu l'as quelque part ?

— Oui. Et je sais exactement où.

— C'est parfait. Tu me l'attrapes pendant que je vais chercher Xan ? Je vais l'emporter avec moi au boulot.

— Vous avez tant de temps à tuer dans la police en cette période de confinement ? Je croyais que tu étais débordée, ce qui expliquerait que tu t'endormes comme une masse dès le dîner terminé, ironisa Carole.

— L'attaque est facile. Tu veux que je te serve la rengaine habituellement sur les enseignants qui sont toujours en vacances et plus que de coutume en cette période ? Elle a bon dos l'école à distance… », la tança Mahia.

À l'étage, dans sa chambre mansardée, Xan appelait :

« Aaaammmmmmaaaaaaaa ! Aaaammmmm maaaaaaaa ! »

— Je crois bien qu'on me réclame.

— Je finis mon chapitre et je descends au bureau te chercher le bouquin. Je me demande si je ne l'ai pas en format epub sur ma liseuse. Faut que je vois… Elle arrive à quelle heure, Alice ? »

Alice était l'une des nounous accompagnant le petit garçon.

« Aaaammmmmmaaaaaaaa ! Aaaammmmm maaaaaaaa !

— À la demie. »

Le téléphone de Mahia vibra une nouvelle fois.

« UN TUEUR RÔDE DANS TA VILLE, COMMANDANT. LE COLIS SUR LA PLAGE EN EST UNE PREUVE. »

Carole, habituée à ce qu'il vibre, bipe, sonne tant sa compagne y était accro, ne réagit pas et poursuivit sa quête de l'origine du vent aux côtés de la Horde jusqu'aux confins des terres féroces.

DEUXIEME MOUVEMENT

Misdirection :
Manipulation grâce à laquelle
le prestidigitateur attire l'attention du public
sur une chose pour la détourner d'une autre.

Conférence du Dr Thomas Cowan, Tucson, Arizona, États-Unis – 12 Mars 2020

AVERTISSEMENT : Cette conférence a été visionnée près de 700 000 fois avant que YouTube décide de la supprimer parce qu'« *elle ne respectait pas les conditions d'utilisation* ». Elle ne présente pourtant pas un caractère violent, xénophobe ou discriminatoire. Cette vidéo d'une dizaine de minutes a, en outre, été partagée via Facebook, Instagram et Twitter notamment par Keri Hilson qui compte 2,3 millions d'abonnés ; on peut dont conjecturer que le Dr Cowan a réuni un auditoire approchant, voire dépassant, le million de personnes à travers le monde.

ÉLÉMENTS DE BIOGRAPHIE : Auteur de nombreuses études, le Dr Thomas Dale

Cowan est un médecin holistique de longue date, ayant étudié la nutrition, la médecine anthroposophique et la phytothérapie. Il vit et pratique à San Francisco. Il donne de nombreuses conférences aux États-Unis et au Canada. Dans son dernier ouvrage, *Cancer and the New Biology of Water*, paru en octobre 2019, il oppose l'explication conventionnelle de la croissance des cancers à sa propre théorie fondée sur la quatrième phase de l'eau.

Extraits

«*Les virus sont tout simplement l'expression d'une cellule empoisonnée. Ce sont des morceaux d'ADN ou d'ARN ou quelques autres protéines qui sont expulsés de la cellule. Les cellules se retrouvent empoisonnées et elles essaient de se protéger en expulsant des débris que nous appelons des virus.*

Si vous vous penchez sur les théories actuelles des virus qu'on appelle exosomes (voyez la dernière conférence du NIH[3] *qui parle de la complexité de ces virus), vous constaterez que cela correspond tout à fait... Les maladies sont un empoisonnement…*

3. National Institutes of Health (Instituts nationaux de santé américains).

Chaque pandémie ces cent cinquante dernières années correspond à un saut quantique dans l'électrification de la Terre.

En 1918, du moins à la fin de l'automne 1917, les ondes radio ont été introduites autour du monde. Quand vous exposez un être vivant à un nouveau champ magnétique, vous l'empoisonnez... Avec la Seconde Guerre mondiale a commencé une nouvelle pandémie à cause de l'introduction des radars sur toute la Terre, des champs électromagnétiques émis par les radars. C'était la première fois que les êtres humains étaient exposés à cela.

En 1968, il y a eu la grippe de Hong Kong, c'était la première fois que des satellites émettant des fréquences radios actives ont été placés dans la couche protectrice de la ceinture de Van Allen dont le rôle est de filtrer les rayons cosmiques venant du soleil, de la lune, de Jupiter, etc... et de les distribuer à tous les êtres vivants terrestres. En six mois, il y a eu une nouvelle épidémie virale. Pourquoi virale ? Parce que les gens ont été empoisonnés, ils ont expulsé des toxines ressemblant à des virus, et les gens ont cru que c'était une nouvelle épidémie de grippe !

Mais quand vous y pensez... Toutes ces ondes radio et autres fréquences que certains d'entre vous ont dans la poche, ou dans la main... Vous pouvez envoyer un message au Japon et il y arrive instantanément. Donc si vous ne croyez pas qu'il existe un signal électromagnétique qui communique mondialement, en quelques secondes, c'est juste ne pas faire attention à cela.

Je finirai en ajoutant qu'il y a eu un saut quantique dramatique durant les six derniers mois dans l'électrification de la Terre. Je suis sûr que certains d'entre vous savent de quoi je parle. Ça s'appelle la 5G. Vingt mille satellites émettant des radiations. Comme les rayonnements émis dans votre poche ou dans votre main que vous utilisez tout le temps. Je suis désolé de le dire, mais ce n'est pas compatible avec la santé. C'est un appareil qui déstructure l'eau.

Je termine par une devinette : où se trouve la première ville au monde entièrement couverte par la 5G ? Wuhan. Exactement. Nous sommes dans une crise existentielle ici et maintenant d'une ampleur que les êtres humains n'ont jamais connue.

La sensibilité dépend de la quantité de métal que vous avez dans le corps ainsi que la quantité d'eau que vous avez dans vos cellules. Donc, quand vous commencez à injecter de l'aluminium[4] *dans le corps des gens, ils deviennent des*

4. Il est fait ici allusion aux sels d'aluminium présents dans les adjuvants vaccinaux.

récepteurs pour absorber davantage de champs électromagnétiques. Et c'est un chaos parfait pour le genre de dommage dont toute notre espèce fait l'expérience aujourd'hui.

Je terminerai avec une citation de Rudolf Steiner, datant d'une époque différente : « Au temps où il n'y avait pas de courant électrique, quand l'air ne fourmillait pas d'influences électriques, il était plus facile d'être un être humain. Pour cette raison, afin d'être entièrement humain aujourd'hui, il est nécessaire de développer des capacités spirituelles plus fortement que cela n'était le cas il y a un siècle. »

7

Le jour s'installait sur la ville. Le soleil timide demeurerait encore quelques heures sous sa légère couverture de nuages avant de s'offrir le ciel tout entier que la majorité des Luziens[5] ne pourrait contempler que de derrière leurs fenêtres.

L'horloge du van aménagé affichait 7h07 quand Antoine inséra la clé dans le démarreur. Il actionna les essuie-glaces pour chasser les reliques de pluie de son pare-brise et laissa préchauffer le moteur diesel avant de le faire vrombir.

Les rues désertes, vidées de toute animation, revêtaient quelque chose à la fois de magique et d'inquiétant. Comme si, à l'annonce d'une catastrophe imminente, la population avait,

5. Nom des habitants de Saint-Jean-de-Luz.

toute affaire cessante, pris les jambes à son cou. La vacuité des lieux rappelait à Antoine certains champs de ruines. Jamais la cité corsaire n'avait connu un calme aussi intense. En y déambulant, il se souvenait de ces maisons délabrées, offertes à la décrépitude qu'il avait maintes fois visitées à la recherche d'un abri pour la nuit. Certaines étaient devenues un haut lieu de pèlerinage pour les amateurs d'urbex, d'autres étaient désormais d'immondes squats rongés par la crasse et la vermine où la promiscuité engendrait, selon l'humeur et les substances consommées, violence ou luxure.

Cette impression de vide et d'abandon faisait aussi remonter à la surface de sa mémoire un kaléidoscope d'images issues d'un documentaire sur les villages fantômes dans le Sobrarbe, en Aragon, où il rêvait de pouvoir s'évader un jour, à la faveur de quelques jours de congés, et celles extraites d'un film où un Robert Downey Jr (moins célèbre qu'aujourd'hui) campait une âme torturée que la soif de vengeance avait transmué en tueur.

Un chat l'arracha au fil de ses pensées. Il traversa si soudainement la route qu'il obligea Antoine à freiner urgemment. La camionnette pila dans un crissement de pneus et un grincement de ferraille, et les jurons fusèrent dans l'habitacle rebondissant contre les vitres heureusement fermées.

Antoine Daubas détestait les chats.

Fourbes, perfides, opportunistes et d'une ingratitude crasse, ils colonisaient chaque recoin et chaque cœur esseulé. Attendrissant la carne durcie des petites mamies quand elles n'avaient pas déjà été conquises par le regard larmoyant d'un hideux Yorkshire, d'un puant caniche ou d'un horripilant épagneul nain.

De toute façon, Antoine détestait les animaux, sous toutes leurs formes. Il les tolérait dans la nature, parce que faisant partie du Grand Tout, de ce mouvement universel et synergique ayant abouti à sa propre existence, mais ne pouvait supporter de les voir envahir l'espace dédié à l'humain. Rien ne le faisait plus enrager qu'une crotte délaissée sur le trottoir. Et en ces temps perturbés, depuis que sortir le chien était devenu un alibi permettant de se promener, elles étaient légion.

Il détestait en fait toutes ces bestioles qui dégradaient l'arrière-plan du paysage urbain. Les rongeurs, les oiseaux, les chiens et tous les autres. Et il les honnissait d'autant plus qu'il les savait susceptibles d'être les vecteurs d'un éventail de maladies extrêmement contagieuses : les rats et la peste, les pigeons et la grippe aviaire, les chats et la toxoplasmose, les chiens et la rage…

L'Histoire était un éternel recommencement.

Elle avait beau se le répéter, l'humanité avait la mémoire courte.

8

Vivant ou pas vivant ?

Telle était la question initiale qui divisait les scientifiques. Et quand la science divisait, comment le profane pouvait-il s'y retrouver ?

Iorik Zuhaitz était installé au deuxième étage de la tour nord devant une mosaïque d'écrans, tous allumés et tous calés sur des chaînes d'informations différentes – NHK, Rai News, CNN, Franceinfo, KBS, Deustche Welles, Globo News, TVE, CGTN, Al Jazeera, BNN, Sky News – qu'il fixait d'un regard hypnotique. Les bandes-son de chacune d'entre elles, toutes en langues différentes, se mêlaient en un flot continu de syllabes et de notes formant un imbroglio que lui seul parvenait à décoder. Jouant avec les télécommandes, il faisait ainsi défiler à intervalles réguliers les différents réseaux pour en extraire les premières tendances de la journée.

Le débat sur la nature des virus était inutile. Il reposait sur une définition – celle du vivant – et relevait, à son sens, d'une interrogation philosophique qui, au regard de la pandémie mondiale, s'avérait plus une perte de temps que la promesse de réelles avancées. Un élément de langage à traiter lors d'une réunion de printemps, d'un symposium, dans un fumoir ou un cabinet de curiosités du XVIIe siècle entre gens bien nés en quête d'érudition. Tout bonnement hors sujet au regard de la conjoncture actuelle.

Cependant la vanité de la discussion soulignait une prémisse essentielle : le désaccord général, source de tensions et de confusions, qui n'aidait pas à rassurer les populations avides d'informations.

Tous n'étaient donc pas d'accord sur la nature du mal qui sévissait. Son origine, ses effets, ses points faibles.

Internet, grande foire aux questions et réservoirs d'avis en tout genre, disait tout et son contraire. Et les informations nationales, comme les chaînes d'actualités en continu, en faisaient de même, si bien que dans cette crise sanitaire mondiale inédite, personne ne savait vraiment comment on pouvait réellement se protéger. Quand certains disaient blanc, les autres disaient noir. Quand une hypothèse était mise en avant, une autre s'y opposait.

« Ce qui est sûr, affirmait un virologue dont la blouse blanche attestait de sa haute connaissance en la matière, c'est que le SARS-CoV-2 de type coronavirus est un parasite intracellulaire. C'est un agent infectieux, mais contrairement à une bactérie ou à un champignon qui sont tous les deux des organismes vivants indépendants, il dépend d'une cellule hôte qu'il doit infecter pour pouvoir se répliquer. Il se présente sous la forme d'un acaryote – c'est-à-dire une cellule sans noyau – et mute ensuite suivant deux stades durant son cycle : une forme extracellulaire et une forme intracellulaire. C'est sous la forme intracellulaire que le virus est alors intégré tel un agent dormant ; il fait partie des éléments génétiques qui peuvent, ou pas, à un moment donné, à cause d'événements particuliers qui toucheraient l'hôte, se développer. Mais ce qu'il faut savoir, c'est que ce que les anglo-saxons appellent le *virome* humain, par opposition au microbiome humain, représente un ensemble de communautés virales dont le nombre serait cent fois plus important que celui des cellules humaines – on avancerait du 10^{15} de virus pour 10^{13} de cellules. Ainsi, chaque individu en bonne santé porterait-il en moyenne plus de dix types de virus responsables d'infections virales systémiques chroniques et asymptomatiques.

— Ce que vous tentez de nous faire comprendre par cette démonstration, Pr Verhoeven, c'est que chacun d'entre nous serait un porteur sain et, dans ce sens, pourrait devenir le patient zéro et donc le vecteur d'une possible nouvelle épidémie ? »

Ces images de cellules infectées par un acaryote en rappelaient d'autres que le Pr Zuhaitz avait rencontrées plusieurs années auparavant dans les pages illustrées d'un vieux numéro de *Strange Magazine* : celles du Symbiote qui, en fusionnant avec Eddie Brock, se muait en Venom, le double maléfique de Spiderman.

Pour sa part, il n'avait pas d'inquiétude à se faire. Le protocole qu'il avait instauré et qui régentait son quotidien depuis des années était scrupuleusement respecté et imparable : le virus ne viendrait pas jusqu'à lui puisque tout était mis à distance et désinfecté avant de lui parvenir et puisque personne, pas même le personnel qu'il payait pour s'occuper de sa maison, n'entrait en contact avec lui. À tel point qu'il se demandait parfois s'il serait encore capable de reconnaître Monsieur et Madame Cuadrado qu'il n'avait croisés qu'une fois – vingt-cinq ans auparavant, quand son parrain les lui avait présentés derrière une paroi vitrée avant de l'installer dans cette maison qu'il n'avait depuis plus jamais quittée.

Le problème avec cette crise, c'était qu'elle prenait toute la place, qu'elle s'était installée au premier plan des préoccupations et qu'en ce sens, elle évinçait tous les autres événements d'une importance capitale pour que le monde continue à tourner.

Le SARS-CoV-2, alias Covid-19, dont le nom résonnait comme celui d'un programme informatique secret ou du prochain vol habité en partance pour Mars, était certes une arme de destruction massive mais aussi la meilleure façon de détourner l'attention de l'humanité pour la focaliser sur le devenir de sa petite personne. Un sujet on ne peut plus primordial.

La chute historique du cours du pétrole, le taux jamais atteint d'endettement de certains états, la chute des PIB, les variations des taux de croissance et la perte de capitaux des très grandes entreprises avaient, malheureusement, autant d'importance que le nombre de décès journaliers et la progression de la contamination pour que soit maintenu l'équilibre du monde. Ces pertes dont on ne parlait qu'en toute fin de journal télévisé, au même titre que la dernière recette à la mode, cachaient leur pendant : les gains indécents qu'engrangeaient certains individus, groupuscules ou enseignes faisant fi de tout sentiment parce que nourris aux mamelles de cette crise qui faisait leurs choux gras.

Ainsi, dans ce fourbi de données au foisonnement exponentiel dominé par le thème épidémique, le Professeur traquait-il les informations cachées, les indices tus et mettait-il à contribution ses compétences en stéganographie – discipline dont il était l'un de plus grands spécialistes, reconnu sur la scène internationale. Une infinité de détails jugés inutiles, insignifiants et sans conséquence pour le commun des mortels traversait les flux. Certaines de ces données méjugées, considérées dans leur essence et à travers leurs possibles ramifications, pouvaient s'imposer comme intrinsèques à l'évolution du monde, indispensables à l'histoire proleptique de l'humanité que ce virus – telle une semonce enfin entendue, réplique d'événements dénigrés ou sous-estimés – mettait en garde contre l'imminence de son extinction.

Sur le pan de mur de son bureau qui lui servait de feuille de route depuis décembre dernier, des dizaines d'événements dits secondaires ou dérisoires s'éparpillaient sur une carte du monde dont la surface s'effaçait un peu plus chaque jour sous un kaléidoscope de petits carrés de papier de couleurs vives dont certains étaient reliés à d'autres par des fils eux aussi colorés.

Quand le téléphone sonna, Iorik était en train de retirer certains de ces carrés et d'en ajouter d'autres.

Dans le prolongement de la carte du monde, un plan de la ville avait subi le même sort : certains quartiers étaient estampillés, révélant des faits qui méritaient qu'on s'y arrêtât pour s'y intéresser de plus près.

Il décrocha et répondit dans un anglais parfait. Le sujet était grave : après avoir dénigré la menace de pandémie pointée du doigt par ses services (en décembre), salué les efforts de la Chine pour avoir efficacement contenu l'épidémie (en janvier), accusé les démocrates de faire en sorte que les États-Unis soient balayés par la pandémie pour mettre fin à la série de victoires que comptait son mandat(en février), puis finalement déclaré l'état d'urgence le 13 mars en affirmant n'être en rien responsable d'une erreur de jugement devenue flagrante, Donald Trump multipliait les bévues, s'acharnait dans la connerie en veillant à faire porter le chapeau à tous ceux qui passaient à porter de main. Ce « virus chinois » qui n'était rien de plus qu'une petite grippe passagère, selon ses tweets, avait de tout même fait plus de 50 000 morts et contaminé près d'un million de personnes sur tout le territoire. Plus soucieux de la santé de l'économie nationale que de celle de ses concitoyens, et surtout préoccupé par l'idée de sa réélection, le mégalomane inquiétait ses conseillers en soutenant ouvertement les manifestations anti-confinement et s'égarait dans des points presse où il ressassait des énormités telles qu'on ne pouvait les dissimuler. Malgré tout, il y avait toujours ses fans. Le taux d'empoisonnement aux produits ménagers était monté en flèche depuis que l'homme d'affaires devenu chef d'état avait laissé entendre qu'une bonne dose d'eau de javel pouvait éradiquer le virus. De telles inepties ouvriraient-elles enfin les yeux au peuple américain sur l'incapacité de cet homme propulsé à la tête de la première puissance mondiale à diriger un aussi grand pays ?

Comment le reste du monde avait laissé faire ça ? Les indices d'élections truquées par les russes désireux de voir un gouvernement fantoche aux commandes d'un pays qui leur faisait de l'ombre depuis trop longtemps étaient légion. À la demande de certaines agences gouvernementales et d'organes plus occultes, Iorik les avait scrupuleusement collectés…

Dans cette crise du coronavirus, certains scientifiques « jouaient à la roulette russe avec la santé de la population », les politiques n'étaient pas loin derrière…

… ou devant.

9

Mahia reprenait véritablement le travail ce matin. Elle avait bénéficié d'un aménagement pendant les quatre premières semaines pour s'occuper de son fils dont l'établissement avait, lui aussi, fermé avec les mesures de confinement. Avec Carole en télétravail, elles s'étaient relayées à ses côtés pour l'occuper, le faire jouer et le faire sortir. Car, bien sûr, toutes les explications concernant le virus et les restrictions le laissaient de marbre et n'avaient aucune prise sur lui.

L'univers de Xan ne résistait pas au changement, aussi fallait-il mettre en place des stratégies, se montrer à la fois inventif, ingénieux et patient pour que la nouveauté s'intègre peu à peu à la normalité, aux normes, à la routine dont l'enfant avait besoin pour trouver son équilibre ; seul un emploi du temps immuable, intégrant des personnes piliers qui nourrissaient ses attentes était doté d'un sens à ses yeux. Comment faire comprendre à Xan qu'il ne verrait plus Marine, sa kiné, à son cabinet pendant quelques temps, que la piscine était fermée jusqu'à nouvel ordre, qu'on n'irait plus manger des crêpes chez son oncle ou dormir chez les parents de Carole où il avait aussi ses habitudes ? Comment cesser de voir son *aitatxi* avec qui il partageait une relation quasi-fusionnelle ? Ou avec son *amatxi* qui lui jouait du *txistu* ?

Ces quatre semaines avaient été épuisantes. Les filles avaient multiplié les activités pour que le temps ne s'étire pas trop longuement entre les moments importants de la journée qu'étaient les repas et la sortie. Xan avait fait du pain avec Carole – il adorait pétrir la farine, mais surtout goûté la pâte –, des madeleines au citron, de la brioche, des pizzas et toutes sortes de plats dont ils s'étaient finalement régalés. Il en avait passé du temps avec le téléphone qui lui était réservé sur lequel il regardait en boucle des vidéos de comptines dont il ne se lassait jamais ; et plus de temps encore, dans son lit, à faire semblant d'être au camping ou de se cacher avec sa mère collée à lui sinon le jeu n'avait plus d'intérêt.

Heureusement pour tous, à la fin de la première semaine de confinement, l'IME qui ne pouvait pas recevoir ses pensionnaires avait dépêché des éducateurs auprès des familles qui en avaient fait la demande. Xan avait eu la chance de bénéficier de ces visites qu'il attendait chaque jour comme son rayon de soleil. Ses grands-parents, tour à tour, faisant valoir le motif de garde d'enfants, s'étaient eux aussi relayés à ses côtés, si bien que Xan avait en partie vécu cette période un peu comme un temps de vacances durant lequel il ne concevait cependant pas pourquoi on n'allait ni la piscine ou à la plage, ni au supermarché ou à l'école.

Reprendre le travail avait à la fois quelque chose de valorisant et de libérateur. Enfin, sous prétexte de travailler, Mahia allait pouvoir sortir de chez elle, ce à quoi tout le monde n'avait pas droit. Un frisson de plaisir parcourut son échine quand elle démarra la voiture pour s'engager sur l'avenue.

Au commissariat, elle fut joyeusement accueillie par ses collègues. Sauf par Ménard qui ne lui décocha pas même un regard. Comme d'habitude. Car Ménard ne parlait ni aux goudous et ni aux pédés ; il trouvait aussi, à mots couverts, qu'il y avait trop de Noirs et d'Arabes dans cette brigade en tournant le regard vers Moussha, originaire de Gambie, et Ahmad, descendu du 93. La cinquantaine bien tassée et d'un caractère sanguin, Ménard ne supportait pas l'injustice quand elle le touchait personnellement et s'emportait quand il était pris en faute, en arborant un teint rougeot virant de façon inquiétante au violet ; pour se défendre, il bégayait alors des explications qu'il assénait comme des vérités et s'obligeait à garder ses mains dans les poches au cas où elles viendraient à s'écraser sur la face de son interlocuteur. Mahia n'avait commencé à avoir des difficultés relationnelles avec lui qu'à partir du moment où il avait découvert qu'elle était en couple avec une femme. Il tournait la tête quand il la croisait pour n'avoir pas à la saluer ; et pire, il saluait les personnes qui s'entretenaient avec elles en faisant comme si elle n'existait pas... Son attitude ne la touchait que de très loin, tant elle avait peu de considération pour ce type qu'elle tenait pour être la parfaite incarnation du réac, voire correspondre à sa définition personnelle du connard. Il n'empêche qu'elle réfléchissait sérieusement parfois à la façon de le coincer en faisant jouer la carte de la discrimination.

« Enfin de retour, patron ! s'exclama Moussha en lui tentant sa tasse de café – un mug à l'effigie de Wonder Woman. Quoi ! T'es revenue les mains vides ?! On dépérit ici ! Tes petits gâteaux commencent sérieusement à me manquer.

— Toujours aussi flatteur ! Quoi de neuf ?

— Des barrages, des contrôles, des Parigots fraîchement débarqués qui tentent de se fondre dans la masse en tenue Lacoste et accent pointu en s'insurgeant du fait qu'Adam et Paries sont fermés, enchaîna Moussha.

— … Et l'enfer dans certaines familles enfermées avec un père ou un mari violent, le coupa Ahmad.

Le commissaire fit irruption dans la salle :

« Tout le monde sait ce qu'il a à faire ? Points de contrôle sur les grands axes et installation de *checkpoints* sur quelques routes de campagnes pour interdire à d'autres citadins aisés de venir s'installer dans leur maison de campagne. Prenez ça pour du chauvinisme primaire, si vous voulez, mais méfiez de ceux-là, les amendes ne les effraient pas puisqu'ils ont l'argent mais ils sont susceptibles de transporter dans leur sillon le virus vers notre région pour l'instant épargnée et peu préparée à assumer une vague épidémique. Je veux aussi des équipes qui tournent dans les quartiers, dans les pharmacies et près des supermarchés ; laissez traîner vos oreilles : les violences intrafamiliales sont en recrudescence et certaines de nos concitoyennes sont plus que jamais en danger. Soyez vigilants. Il me faut aussi une équipe à demeure pour traiter les affaires courantes... »

Ahmad, Moussha et Mahia levèrent la main.

« Le beur, l'argent du beur et la crémière », marmonna Ménard fier de sa blague à deux balles, en entraînant son co-équipier vers la sortie.

« Bonne journée à vous, Mesdames et Messieurs les Représentants des Forces de la Police Républicaine, conclut le commissaire avec cette intonation qui, comme à son habitude, soulignait les majuscules dans son discours. Pas de dérapage qu'ils soient verbaux ou attitudinaux. Pas d'abus, votre insigne n'est pas un passe-droit. Pas de bavure. Je compte sur vous ! »

L'*open space* et les bureaux se vidèrent comme si on avait crié qu'il y avait du rab' à la cantine. Et il en fut de même du parking d'où essaimèrent les voitures de service les unes après les autres.

Mahia entraîna Moussha à sa suite pour rejoindre son bureau. Ahmad lui emboîta le pas sans y être invité.

« T'as eu le temps de t'occuper de mon numéro ? demanda-t-elle à son subalterne.

— Facile !

— Et… ?

— J'ai juste appelé et (il actionna la fonction « dictaphone » de son portable) on m'a répondu ça : « Résidence Villa Germaine, que puis-je pour vous ? »

Moussha n'eut pas le temps de poursuivre.

« La Villa Germaine, c'est la grande baraque sur la Jetée avec une tour, coupa Ahmad. C'est là qu'habite le Professeur.

— Le Professeur ? s'enquit Mahia.

— Quoi ? Vous ne savez pas qui vit dans cette barraque ? s'exclama Ahmad face aux regards ahuris de ces interlocuteurs. Il s'appelle Iorik Zuhaitz. Ce mec est une véritable légende. Personne ne l'a jamais vu. On ne sait pas à quoi il ressemble mais il règne en maître sur les réseaux sociaux. Non pas en tant qu'influenceur ou autres trucs du genre mais comme référence dans un éventail de disciplines scientifiques qui vont de la physique quantique, l'herpétologie, la thermodynamique, la botanique aux mathématiques appliquées en passant par les jeux vidéo. Ce type est un pur cerveau, la crème des experts si bien qu'il se dit qu'il serait un des consultants les plus prisés de la scène internationale et que les différents gouvernements se l'arracheraient en temps de crise.

— Si c'est le cas, il doit être débordé en ce moment, ironisa Mahia. Je ne vois pas pourquoi il me conseillerait en littérature.

— Il t'a donné un titre en particulier ?

— Un auteur – Fred Vargas – dont Carole s'est chargée de me réciter les œuvres. On n'en a retenu deux, dont une qui parle de la peste.

— *Pars vite et reviens tard*, affirma Moussha. C'est l'histoire...

— Carole m'a déjà servi tout ça au petit déjeuner, avec un truc sur des cercles bleus. Je te remercie. Je pense que je vais tout simplement aller voir ce monsieur dans la matinée.

— Alors là, c'est impossible ! s'écria Ahmad.

— Comment ça, c'est impossible ?

— On dit que personne n'a jamais franchi le seuil de sa maison. Pas même lui. Depuis 25 ans.

— Ton bonhomme serait enfermé depuis tout ce temps ?

— La rumeur dit qu'il est atteint d'agoraphobie au dernier degré. C'est la famille Cuadrado qui a la charge de gérer la maison, un peu comme le faisaient la gouvernante et le majordome autrefois. Eux non plus ne sortent quasiment jamais, sauf pour se rendre à certains offices. Les livreurs se présentent à la porte cochère de la rue Courtade avec l'ensemble des commandes prises par téléphone ou par internet. Là, elles sont réceptionnées par Monsieur Cuadrado et réorientées avec des monte-charges en fonction de l'endroit de la maison où elles doivent être stockées. Le Professeur vit dans les deux derniers étages de la baraque et il semblerait qu'il ait un sacré matos en matière d'informatique, ainsi qu'une salle de sport super bien équipée. J'ai un pote qui y a livré de quoi former un athlète de haut niveau et un *gamer* de haute volée.

— Il pourrait me briefer ton pote sur la manière d'entrer dans la forteresse de ton Professeur ? Tu vas l'appeler pour moi, Ahmad ?

— Pourquoi tu tiens tant à rencontrer ce monsieur ? s'enquit Moussha.

— À cause de son dernier message. »

Et Mahia le leur fit lire sur l'écran rétroéclairé de son smartphone.

« UN TUEUR RÔDE DANS TA VILLE, COMMANDANT. LE COLIS SUR LA PLAGE EN EST UNE PREUVE. »

Zone d'exclusion, Tchernobyl, Ukraine 14 Avril 2020

« *Il semblerait que l'incendie de forêts qui s'est déclaré il y a une dizaine de jours dans la zone d'exclusion de Tchernobyl et la région de Jytomyr, soit en passe d'être contenu – c'est du moins ce qu'affirment les autorités ukrainiennes après que le président Zelensky a été attaqué sur la façon cavalière de gérer la situation jugée plus que préoccupante par l'Union Européenne.* »

L'envoyé spécial avait pris le direct depuis la place de l'Indépendance à Kiev, au pied du monument du même nom, dans un pays déserté depuis la mise en œuvre du confinement, le 12 mars dernier. Il commentait le reportage diffusé en direct sur la chaîne d'informations. Son exposé servait de commentaire à la diffusion d'un reportage fait d'images d'archives et d'extraits de reportages empruntés aux chaînes locales, les autorités ukrainiennes n'ayant pas permis à l'équipe de se rendre sur site – officiellement, pour des raisons de sécurité.

« *Attisées par des vents violents et entretenues par le caractère inhabituel de la sécheresse, les flammes d'une taille gigantesque (selon certains témoins) ont ravagé une grande partie du territoire fortement contaminé par la catastrophe d'avril 1986 en le recouvrant d'une épaisse fumée.*

Rappelons que la zone dite d'exclusion forme un rayon de 30 km autour de l'ancienne centrale. Selon l'analyse d'images satellites, le feu se serait approché dangereusement du dôme protégeant le réacteur – à moins d'un kilomètre et demi, selon les observateurs de Greenpeace.

La mobilisation de quatre cents pompiers, de trois canadairs ainsi que de trois hélicoptères, et l'utilisation en une seule journée de près de 540 tonnes d'eau auraient permis de circonscrire l'incendie.

Mardi matin, lors d'une conférence de presse, le porte-parole de la sécurité a rassuré la population, affirmant qu'il n'y avait plus de feu ouvert. Il a rajouté que les pompiers et les forestiers déployés sur zone faisaient encore état de quelques « foyers isolés » et de « feux couvants » en passe d'être maîtrisés.

Depuis cette prise de parole, cependant, aucun autre bulletin d'information n'a été édité et les estimations publiées jusque-là sur la taille de l'incendie ont cessé.

Notre Institut de Radioprotection et de Sureté Nucléaire se veut néanmoins rassurant. Si les incendies se sont étendus, depuis la publication de son dernier bulletin le 7 avril dernier, l'évaluation des impacts radiologiques, l'analyse des masses d'air contaminés et l'estimation par modélisation de la radioactivité remobilisée par les incendies n'auraient, selon les experts, rien d'alarmant. En effet, ces simulations indiquent que les masses d'air provenant de la zone des incendies qui se sont produits les 5 et 6 avril auraient atteint la France à partir du 7 avril 2020 au soir et qu'à ce jour, ces masses d'air recouvriraient encore la moitié du territoire français. Fort heureusement, leurs analyses font état de niveaux de radioactivité extrêmement faibles.

Quant aux rejets survenus entre le 9 et le 11 avril, les conditions météorologiques qui ont prévalu jusqu'à aujourd'hui ont favorisé le transport des masses d'air issues de la zone de ces rejets vers la Biélorussie, le sud de l'Ukraine, l'est de la

Roumanie et de la Bulgarie. Elles n'ont donc pas atteint la France.

En outre, les prélèvements des aérosols sur filtre par des dispositifs à grand volume du réseau OPERA-AIR de l'IRSN, ainsi que les mesures et analyses associées sont en cours. La complexité de ces mesures imposant la mise en œuvre de procédés délicats, les résultats ne pourront être disponibles que dans les semaines à venir.

Notons que parallèlement une estimation de l'impact dosimétrique de ces incendies a été réalisée. L'impact résultant de l'inhalation de la radioactivité transportée par les masses d'air devrait, en arrivant en France, être insignifiant.

Enfin concernant les installations nucléaires de Tchernobyl en soi, bien qu'il existe un niveau de radioactivité conséquent dans la zone d'exclusion, notamment lié aux dépôts de déchets, le feu n'est pas en capacité de la mobiliser. De plus, aucune mesure n'a été constatée dans la zone d'exclusion qui laisserait à penser qu'un site de stockage ait été atteint par les incendies et, de ce fait, aurait pu rejeter dans l'atmosphère une partie significative de la radioactivité jusque-là contenue.

Sachez pour finir que ces feux dévastateurs seraient d'origine humaine. La police a en effet arrêté un suspect : un jeune homme vivant près de la zone d'exclusion qui aurait mis le feu à l'herbe pour s'amuser. »

Jean-Yves Barouin
Envoyé spécial, pour TF.News

10

Les gens ne respectaient donc rien !

Si la ville dans son ensemble paraissait appliquer les règles imposées par le confinement, il existait toujours une poignée d'individus pour gruger, transgresser et braver les interdits.

Les promeneurs de chiens étaient de ceux-là.

Comme les joggeurs, d'ailleurs.

Alors que l'état d'urgence avait mis quasiment l'économie du pays à l'arrêt, en restreignant les déplacements à ceux définis par *l'Attestation Dérogatoire*[6], que le télétravail

6. En application de l'article 1er du décret du 16 mars 2020 portant réglementation des déplacements dans le cadre de la lutte contre la propagation du virus Covid-19 ; puis en application de l'article 3 du décret du 23 mars 2020 prescrivant les mesures générales nécessaires pour faire face à l'épidémie de Covid-19 dans le cadre de l'état d'urgence sanitaire.

et le chômage partiel étaient venus s'inscrire – parallèlement à l'évolution de la maladie – sur la liste des gros titres ressassés par les chaînes d'informations en continu, certains s'ingéniaient donc à trouver des moyens pour contourner la loi… Et ceux-là nourrissaient la colère grandissante d'Antoine Daubas, laquelle montait d'un cran supplémentaire à chaque fois qu'il reconnaissait un individu plusieurs fois croisé dans la même journée.

Les joggeurs ou ceux qui se posaient en inconditionnels de la course à pied alors qu'ils avaient toujours exécré cette incompréhensible pratique (en effet, ne fallait-il pas être masochiste pour parcourir des kilomètres en ahanant et en transpirant ?) attisaient particulièrement ses foudres. Justement parce qu'ils ahanaient, transpiraient et exsudaient à tout-va les fameuses gouttelettes incriminées par les scientifiques dans la propagation du virus.

Pour beaucoup, courir ou marcher était la seule excuse valable susceptible d'expliquer leur présence en front de mer, le seul prétexte leur permettant d'échapper à la claustration d'un appartement sans balcon, sans vue, oppressant… Mais quel manque d'altruisme ! Quelle forme exacerbée d'égoïsme ! La solidarité n'était plus le pendant louable de l'humanité ; l'esprit d'équipe, le collectif s'étiolaient depuis que le monde avait décrété de faire la part belle à la liberté individuelle dont la prégnance s'érigeait en pilier fondateur de nos personnalités. Il était fini le temps où les voisins s'entraidaient et où il était toujours une main tendue pour vous soutenir quand le sort s'acharnait ou pour vous sortir de la merde. L'individualisme avait pris le pas sur l'altruisme au point d'en arriver à la négation des valeurs élémentaires, négation dont l'acmé se révélait dans d'aberrants comportements comme celui de filmer une catastrophe pour tenter de décrocher le plus de « like » sur les réseaux sociaux plutôt que de venir en aide aux victimes.

Exit l'esprit grégaire, dans tout ce qu'il avait de vertueux. Exit aussi les généralités tenues pour vérités, comme cet adage largement rabâché : « Les hommes ont le sens du devoir. Les femmes, celui de l'abnégation. ». Voilà bien des valeurs que seuls les petits vieux d'Antoine portaient encore ancrées en eux, chevillées à l'âme. La jeune génération n'était pas en capacité de mobiliser ses forces vives afin de faire face collectivement à l'ennemi. Il en doutait un peu plus que chaque jour passait.

À ce stade, Antoine Daubas qui n'était pas loin de se comparer à ses pensionnaires dans la teneur de leurs discours concernant l'analyse en temps réel du monde qui les entourait, s'interrogeait sur l'attitude de ses congénères en cas de conflits tels que les livres d'Histoire en rendaient compte…

Les paroles d'une chanson de Jean-Jacques Goldman tournaient en boucle dans sa tête quand il traversait la ville dans sa camionnette, au petit matin ou à la nuit tombée, traquant de son regard affûté les badauds à la dérive.

« *Et si j'étais né en 17 à Leidenstadt*
Sur les ruines d'un champ de bataille
Aurais-je été meilleur ou pire que ces gens
Si j'avais été… »

À l'esprit mouton avait succédé le besoin de se démarquer, de se distinguer de la masse et d'afficher – sinon d'affirmer – son unicité. Quelle que soit la manière d'y parvenir. Pour certains irréductibles, le confinement – mesure restrictive par excellence, s'opposant à l'épanouissement de la personne – ne pouvait être toléré.

La population française décrite par les autres citoyens du monde comme intolérante aux privations, réfractaire aux changements, très regardante de ses droits mais finalement peu soucieuses de ses devoirs, et donc contestataire par essence, semblait n'avoir qu'une seule phrase à la bouche: «les lois sont faites pour être transgressées, du moins contournées». Aussi, chacun y allait-il de ses petits conseils pour contrevenir à la désormais dite règle des «une heure, un kilomètre», certains faisant montre d'une incroyable ingéniosité pour l'enfreindre sans vergogne au nom du respect de leur liberté individuelle. Et le respect des Anciens, dans tout ça, dont le coronavirus ciblait préférablement les organismes?

L'irrévérence n'était pas l'apanage de la seule jeunesse.

Ces comportements inacceptables torturaient Antoine Daubas et le faisaient enrager. Mais le pire n'était pas là.

Les estivants, comme il les désignait avec mépris, focalisaient toute sa haine. Certaines familles habituées aux douceurs de Saint-Jean-de-Luz en haute saison n'avaient pas hésité à braver les autorités, quittant leur région pour rejoindre l'adresse de leur résidence secondaire ou pour venir s'installer dans un meublé temporaire prêté contre une somme prohibitive. Ils arrivaient tous feux éteints, en catimini, devant la porte de leur Airbnb âprement négocié, déchargeaient leurs bagages à la faveur de la nuit et s'inséraient dans le décor comme si de rien n'était. Mais leurs manières, leurs tenues vestimentaires et leurs façons de s'immiscer dans le quotidien les trahissaient aux yeux des Luziens qui, eux aussi, se révoltaient de les voir débarquer en toute impunité… Comme ces hordes de pestiférés errant de villages en villages, on les pointait du doigt parce que susceptibles de propager une épidémie venue d'ailleurs.

Il fallait que cela cesse !

11

Ce coup de fil avait été des plus déprimants.

Certains dirigeants du monde ne mesuraient pas la réelle responsabilité qui leur incombait. L'abnégation n'était pas un sentiment naturel ; elle impliquait la négation de l'instinct, la mise en sommeil des instances de l'égo et réclamait une bonne dose de courage. Qualités dont n'était pas pourvu Maha Vajiralongkorn, dit Rama X, roi de Thaïlande, qui n'avait trouvé rien de mieux, dès la fin du mois de mars, que de venir se confiner au Grand Hotel Sonnebichl, un établissement quatre étoiles de la ville bavaroise de Garmish-Partenkirchen avec une vingtaine de concubines et un staff de serviteurs, en délaissant son peuple face à l'épidémie et son épouse, la reine Suthida Tidjai, soupçonnée d'avoir contracté le virus.

Ce coup de fil avait été d'autant plus navrant qu'Iorik en espérait un autre plus impromptu qui lui permettrait de se révéler à l'interlocutrice qu'il avait choisie tout en lui exposant les soupçons qui le rongeaient.

Il avait découvert l'existence du commandant Lenh-Sheing, l'année précédente, dans un article paru dans le Sud-Ouest, puis lors d'un reportage diffusé sur France 3, à propos d'un *cold case* qui avait retenu toute son attention. Au mois de mai dernier, les employés municipaux de la ville de Ciboure avaient fait une macabre découverte à l'occasion de travaux de débroussaillage effectués en bordure de voie ferrée. La police s'était montrée peu loquace sur l'affaire. Le Professeur avait eu beau s'escrimer à chercher – y compris dans les serveurs du commissariat –, il n'avait rien trouvé de plus que quelques indices, qui l'avaient laissé sur sa faim. La victime qui était vraisemblablement un homme était dans un état de décomposition très avancé ; la présence de pesetas dans ses poches laissait à penser que la mort remontait à plusieurs années et que le corps – certains rapports parlaient plutôt de squelette – pouvait appartenir à un ressortissant espagnol. La dépouille avait été transférée vers l'institut médico-légal de Bordeaux pour un examen visant à déterminer les causes du décès, un prélèvement d'ADN et une recherche d'identité. L'affaire encore présente dans sa mémoire était restée en suspens, dans l'attente de données supplémentaires qui n'étaient jamais arrivées.

Il n'empêche que depuis ce jour, Iorik s'était entiché de la policière. Le personnage lui avait plu, son franc-parler aussi, tout comme la détermination qui se lisait dans son regard. Mais Mahia Lenh-Sheing, dont il avait tout appris en consultant les comptes Facebook et Instagram, demeurait quelqu'un de discret : malgré des *post* réguliers et des commentaires laissés çà et là sur la toile, elle n'était pas de nature démonstrative et semblait plutôt soucieuse de préserver son intimité. Il était malgré tout tombé sur quelques vieilles photos d'elle et de ses copines, sur des clichés d'elle et de son fils à diverses périodes de leur vie, mais jamais sur des publications la montrant avec sa compagne. Qu'à cela ne tienne, il avait trouvé celle qui partageait sa vie depuis neuf ans maintenant, en fouillant dans ses contacts et était parvenu à reconstituer sa biographie sommaire.

Pourquoi Iorik considérait-il Mahia Lenh-Sheing comme la personne à travers laquelle il pouvait vivre une vie fantasmée dans le monde extérieur – car, il l'avait compris, là était la véritable nature du lien qui le rattachait au commandant –, il ne se l'expliquait pas, d'autant que c'était une femme. Malgré de longues heures d'introspection, il n'était pas parvenu à concevoir le mécanisme qui le poussait à vouloir vivre par procuration à travers elle. Elle devait incarner à ses yeux des valeurs, un idéal qui l'avaient séduit malgré lui et qui avaient activé quelque chose dans son inconscient. Bien que diplômé en psychologie clinique, il était bien incapable de mener sa propre analyse avec discernement. Et il n'était nullement question qu'il discutât de ce penchant – travers ? – avec le Dr Shinohara, le psychiatre qui le suivait par visioconférence trois fois par semaine. Cet attachement surréaliste était son jardin secret – un secret qu'un autel sommaire revendiquait néanmoins en dépit de toutes les règles rigoristes qui cadraient son quotidien.

Il avait en effet épinglé un joli portrait d'elle avec un memo sur l'affaire du cadavre de Ciboure, à côté du plan de la ville.

Comme si de rien n'était.

Comme il avait épinglé, sur ce même plan, pour les géolocaliser, une série d'événements récents qui n'avaient pas manqué de piquer sa curiosité : la découverte d'une caisse à poissons contenant douze rats morts sur le port, l'alignement de six cadavres de pigeons au centre du kiosque de la place Louis XIV, les trois chats proprement exécutés près du skate parc de Ravel, auxquels il avait ajouté des faits de vandalisme perpétrés sur une douzaine de véhicules garés à différents endroits de la ville. Le gros chien mort sur la plage venait compléter le tableau dont il considéra l'ensemble après avoir reculé de quelques pas.

Sa montre sonna au moment où il se perdait dans une réflexion dans laquelle tous ces éléments entraient en collision pour dessiner les contours d'un scenario possible.

Il était l'heure de monter sur son tapis de course.

Il jeta un œil à la baie éclaboussée de soleil et à la plage paradoxalement désertée. En ses journées de printemps, période de vacances scolaires de surcroît, le sable aurait dû partiellement disparaître sous des tentures colorées, les cris des enfants auraient dû déchirer le silence et une horde de surfeurs aurait dû glisser sur la houle régulière des Flots Bleus.

Mais le silence était écrasant.

Ce confinement troublait malgré tout son quotidien.

12

Mahia décida malgré tout de suivre son instinct en rendant visite à Iorik Zuhaitz, au grand dam de son coéquipier qui semblait le considérer comme un dieu sur l'Olympe.

Suivant ses indications, elle consulta préalablement certains sites scientifiques où le fameux Professeur tenait tribune signant ses publications sous un étrange acronyme P.IO – publications si pointues qu'elle n'y entendît rien ou presque –, ainsi que les pages d'accueil des grandes universités où son nom apparaissait sur la liste des professeurs honoraires. Il y dispensait des cours très prisés par écran interposé. Les nouvelles technologies permettaient tout aujourd'hui. En témoignait Carole, elle-même, qui avait dû en quelques jours mettre en œuvre un programme de classe virtuelle, prodiguée depuis son bureau à l'attention de ses élèves confinés pour la plupart dans la ville où elle exerçait à une quinzaine de kilomètres de chez elles.

Mahia ne trouva nulle part une photo du Professeur. Ce ne fut pas faute d'avoir cherché. Elle aurait bien aimé se faire une idée de la personne à qui elle avait affaire avant de se présenter à elle. Même si, toujours selon Ahmad, ce n'était pas gagné, vu que ce monsieur ne recevait jamais personne.

La ville était étrangement calme. Elle croisa peu de véhicules – essentiellement des voitures portant un caducée, des camionnettes de livraisons et quelques scooters. Les parkings toujours bondés en cette période étaient vides. À la halte routière, un bus de ligne attendait toutes portes ouvertes des passagers qui ne viendraient probablement pas; comme semblaient le faire aussi les taxis près de la gare désertée.

Mahia se gara sur le port dont la barrière était restée ouverte et traversa la place Louis XIV où il lui parut entendre ses pas résonner. Cœur de la ville, ce lieu emblématique accueillait habituellement les concerts du dimanche matin, les danses de l'été, les soirs de *toro de fuego* et de lancer de confettis, ainsi que toutes les manifestations qu'organisait la municipalité tout au long de l'année. Ceinte d'une multitude de cafés-restaurants dont les terrasses s'étalaient au soleil, on s'y retrouvait en famille ou entre amis et les conversations dont le ton montait au fur et à mesure que s'avançait la journée se répercutaient sur les murs des vieilles bâtisses qui l'entouraient, parmi lesquelles la mairie. Elle passa devant la Maison Adam, une institution luzienne, elle aussi fermée pour cause d'épidémie, et s'engagea dans la rue de la République où, même hors saison, il était parfois difficile de déambuler. Les devantures des restaurants en enfilade étaient baissées, les tables et les chaises empilées et cadenassées contre les façades. Et le silence régnait en maître. Du jamais vu.

Cette vacuité avait quelque chose d'angoissant et de suffocant. En marchant dans les rues vidées, Mahia eut l'impression d'évoluer dans le décor d'un de ces films de science-fiction où, après une catastrophe, seule une poignée d'élus ayant survécu redécouvre le monde. Quand elle atteignit la promenade Jacques Thibaud, la vue sur l'océan lui imposa une grande inspiration : elle prit alors conscience qu'elle avait retenu son souffle pour tenter de combattre la sensation d'oppression dans sa poitrine.

Ce nouveau visage que le confinement imposait à la ville n'avait pas pour elle ce côté apaisant que lui trouvait Carole quand, chaque soir, elle partait sillonner les rues pour y faire son jogging. Figée dans le silence, le temps semblait ne plus avoir de prise sur elle, comme si une malédiction jetée par quelques *laminak* l'avait condamnée à cette petite mort…

La Villa Germaine se dressait majestueuse face à la mer, imposante par sa masse et l'originalité de son architecture. Flanquée de deux tours circulaires chacune coiffée d'un toit pointu, la demeure de forme triangulaire s'érigeait sur trois étages, lesquels ajoutés ensemble proposaient, jugea Mahia, une superficie plus que confortable. Qu'un homme seul y vécût, la scandalisa au regard du manque d'espace qu'elle éprouvait dans l'appartement qu'elle occupait avec les siens. Elle s'avança.

La rue Courtade était obstruée par deux camions que déchargeaient des livreurs masqués et gantés. Des cageots de légumes, des caissettes de poissons fraîchement pêchés, des poulets fermiers et des œufs, du fromage et du lait… Les denrées réceptionnées par Monsieur et Madame Cuadrado eux-mêmes étaient entreposés sous le porche de la porte cochère largement ouverte. Partant du principe que, quelle que soit sa demande, en dépit de son insigne, on ne la laisserait pas franchir le seuil de ce qu'Ahmad avait décrit comme un bunker bénéficiant d'une sécurité digne de Fort Knox, Mahia profita d'une faille du système. Alors que tout le monde s'affairait, elle se faufila à l'intérieur et elle se retrouva face à deux monte-charges. En suivant les marchandises, elle saurait comment entrer à l'intérieur. Le premier desservait le sous-sol, l'entresol et le premier étage ; le second donnait accès aux étages supérieurs. Quand elle s'y engouffra, un des livreurs chargés de denrées la surprit ; elle l'arrêta avant qu'il ne donne l'alerte en lui faisant signe de se taire tout en lui montrant son insigne.

La cabine s'éleva en grinçant pour s'arrêter dans un soubresaut quelques secondes plus tard au dernier palier. Instinctivement, Mahia posa sa main sur la crosse de son arme. La porte s'ouvrit sur un couloir parqueté, aux murs d'un blanc immaculée sur lesquels étaient accrochées des cartes anciennes. À main gauche, une porte vitrée ouvrait sur un espace de travail semblable à l'image qu'elle se faisait de l'atelier d'un écrivain ou d'un artiste.

De larges tables de travail croulant sous des piles de livres, des rayonnages chargés d'ouvrages et de bibelots en tout genre couvrant tout le pan de mur faisant face aux surfaces vitrées qui offraient une vue imprenable sur la baie de Saint-Jean-de-Luz. Et des objets partout : un squelette sur pied, un échiquier dont la partie était en cours, un violoncelle posé près d'une chaise, un sarcophage grandeur nature, une planche de surf, une dizaine de vieilles machines à écrire, des masques africains, un vieux microscope, un saut à charbon dans lequel étaient figées un sabre dans son fourreau, des cannes de golf, un harpon, des cannes aux pommeaux ouvragés, une batte de baseball et un filet à papillons… Il y en avait tant que son regard ne savait pas sur quoi se poser. La pièce ressemblait à ces jeux d'investigations sur le Net où il fallait retrouver des objets au milieu d'un fatras sans nom.

Si elle était venue avec Xan, il se serait ingénié à tout démonter avec une malicieuse délectation, en éprouvant un bonheur sans limite. Il adorait tout jeter par terre, faire tomber les crayons un à un, ainsi que les cartes à jouer. Mais il adorait par-dessus tout transvaser des liquides, verser de l'eau d'une bouteille à l'autre, d'un verre à un autre, faire des mélanges ; il le faisait en poussant des cris caractéristiques qu'il ne sortait de sa bouche que dans ces situations-là.

L'appartement semblait vide de toute présence. Pas un bruit pour troubler le silence, excepté celui des climatiseurs qui devaient tourner 24h/24 pour que soit maintenue une température constante et idéale.

Elle s'avança prudemment jusqu'à la table où trônaient une enfilade d'écrans assujettis à des claviers, souris, micro, joystick, écouteurs. Le propriétaire des lieux était vraisemblablement un *gamer* comme le soupçonnait Ahmad. Un accro aux univers virtuels qu'il devait arpenter des heures durant.

Une carte du monde tachetée de stickers fluos et reliés entre eux pour certains était accrochée juste au-dessus. Elle s'y attarda un petit moment, sans vraiment comprendre ce qu'elle regardait, jusqu'à ce que son regard fût attiré par le plan de la ville près duquel un cliché était punaisé. Le *selfie* pris au printemps 2019 sur une plage venteuse de l'île d'Oléron les montrait tous les trois bronzés, décoiffés et pouffant de rire à plat ventre dans le sable.

Ce fut comme si elle avait pris un coup de poing dans l'estomac. Elle en eut le souffle coupé et des petits points de couleurs se mirent à danser devant ses yeux alors que des fourmillements lui chatouillaient la nuque.

Elle s'était elle-même jetée dans la gueule d'un putain de pervers !

18 & 19 avril 2020,
Portapique,
Nouvelle-Écosse, Canada

Débutée samedi soir dans la ville de Portapique qui compte une centaine d'âmes, la pire tuerie de masse du Canada a fait 22 morts. En l'espace de 13 heures, les 18 et 19 avril, le tueur a abattu 22 personnes, en a blessé trois autres et a incendié cinq résidences.

Gabriel Wortman, 51 ans, inconnu des services de police, a préalablement agressé sa conjointe avant de se lancer dans son périple meurtrier.

Quelles étaient ses motivations ? Si certains enquêteurs affirment que l'agression initiale a probablement servi de catalyseur à la suite des événements, nul n'est en mesure de répondre à cette question. Pas même le tueur qui, au terme d'une course-poursuite, a été abattu par la Gendarmerie Royale.

Sa compagne est parvenue à s'enfuir pourrait avoir – en échappant à la mort – décuplé la rage de Wortman qui, pour étancher sa colère, aurait tué tous les individus croisés sur son passage. C'est elle qui a fourni de précieuses informations aux autorités en signalant que le tueur portait un uniforme de la Gendarmerie royale et se déplaçait à bord d'une réplique de voiture de patrouille.

Le meurtrier a poursuivi sa cavale meurtrière, semant la mort dans quatre autres villages de la région situés à une centaine de kilomètres de Halifax.

La chasse à l'homme durant laquelle, outre les malheureuses victimes ayant croisé son chemin, un policier a été blessé et un autre, abattu de sang-froid s'est terminée dans une station-service où Wortman s'est arrêté pour refaire le plein. Surpris par un commando tactique, il a été finalement tué après qu'un affrontement a éclaté.

L'homme était en possession de plusieurs armes, achetées au Canada et aux États-Unis, et s'était emparé de l'arme de service du policier qu'il a abattu.

Selon certains témoignages, Gabriel Wortman, prothésiste dentaire aisé, propriétaire d'une clinique à Dartmouth et de deux maisons, était fascinée par la GRC au point d'en collectionner les uniformes, d'avoir acquis plusieurs voitures de service et acheté en toute illégalité plusieurs armes à feu.

*

À la suite de cette affaire qui a secoué le pays, le gouvernement canadien annoncera l'interdiction par décret de 1 500 modèles d'armes d'assaut de type militaire, dont le fusil M14, la carabine semi-automatique Robinson Armament XCR, les SIG Sauer SIG MCX et SIG pistolet-mitrailleur.

13

Antoine Daubas avait ruminé sa rancœur tout au long de la journée et il la ruminait encore alors qu'il regagnait son appartement, après ses longs moments passés auprès de ses pensionnaires. Le soleil s'était couché, recouvrant la ville d'une cape de nuit, et le monde laissé à sa merci était soudainement devenu le sien, plus qu'il ne l'avait jamais été. Ce confinement avait réveillé son esprit conquérant et attisé sa soif de justice.

Il fallait que cela cesse, se répétait-il en énumérant dans sa tête la liste des comportements préjudiciables et des lourdes conséquences qu'ils faisaient peser sur ses protégés.

« Il faut que cela cesse », s'écria-t-il, les mains crispées sur le volant quand cette joggeuse qu'il avait plusieurs fois remarquée s'engagea sur le Quai de l'Infante, direction la plage jouxtant le sémaphore.

Son sang ne fit qu'un tour.

Il l'imagina détalant comme un lièvre, pris dans le faisceau des phares de sa camionnette, et l'excitation grimpa au fur et à mesure qu'il se rapprochait.

Les écouteurs dans ses oreilles ne lui permirent pas de prendre conscience du véhicule qui la suivait.

L'impact bien que violent – au point de projeter la victime dans un incroyable salto arrière – fit à peine tressauter la camionnette. Antoine Daubas en fut terriblement déçu.

Comme lorsqu'il avait fait passer de vie à trépas ce gros chien dégueulasse dont il s'était débarrassé de la dépouille dans la Nivelle.

Quand il jeta le corps de la jeune femme encore palpitant dans le coffre, l'album de Fredericks, Goldman et Jones tournait en boucle sur l'autoradio.

«*À tous mes loupés, mes ratés, mes vrais soleils…*» chantait le trio.

14

Quarante-cinq minutes de course à pied sur son tapis.

En variant l'intensité et la déclivité.

Il avait tout donné.

Avec une playlist de bandes originales de films et la projection, sur écran géant, de vidéos prises avec une GoPro par des runners sur des chemins de montagne et des sentiers côtiers.

Il s'y était presque cru.

Manquaient à la séance la sensation du vent sur sa peau et les arômes de thym sauvage, de chèvrefeuille, ceux des pins et de l'humus qui embaument communément les sorties au grand air.

Il essuya son visage et sa tête avec une serviette-éponge qu'il passa ensuite autour de son cou, puis s'hydrata copieusement avant de quitter la salle pour rejoindre le bureau. Alors qu'il se dirigeait vers son pool informatique, une alarme interne s'alluma soudain quelque part dans un coin de son cerveau…

Puis il la vit.

Ses crises de panique commençaient toujours de la même manière. Partant de la base du cou, dans un mouvement ascendant, de légers picotements envahissaient d'abord ses joues ; puis, venait la crispation des mâchoires accompagnée d'une super acuité des sens : l'odorat qui lui permit de sentir son parfum – une fragrance fleurie où se mêlaient le jasmin, le citron, le musc blanc et l'ambre –, suivi de l'ouïe, parasitée par les battements de son cœur qui résonnaient comme autant de tambours lâchés dans les rues de la ville. Ensuite, les fourmillements dans les doigts jusqu'à la paralysie avant que la vue soit exacerbée, rendant les couleurs éclatantes, comme lors d'un trip sous LSD, et les contours plus nets, en surimpression comme repassées au feutre noir dans un relief surréaliste… Tout cela en un dixième de seconde, avant que ne s'installe le poids dans la gorge, l'impression que des doigts extérieurs plongés dans sa poitrine ne se referment sur ses poumons et l'empêchent de respirer. Enfin le voile noir devant les yeux à la suite de quoi, habituellement, succédait la perte de connaissance – pas un évanouissement basique comme une brutale extinction de la conscience, mais des convulsions épuisantes et dégradantes jusqu'à la mixtion.

Le processus s'arrêta avec le voile noir, mais le plongea dans un état second. La jeune femme lui faisait face, pointant son arme vers lui.

« N'approchez pas, s'écria-t-elle vraisemblablement secouée. C'est quoi ces conneries ? Vous êtes qui ? Et vous faites quoi avec une photo de ma famille ? »

Il tomba à genoux. Ses yeux se révulsèrent et ses mâchoires toujours crispées l'empêchèrent de proférer quelques paroles. Il lui fallait absolument s'extirper de cette gangue et lui expliquer qu'elle se méprenait, qu'il ne cherchait qu'à l'aider et que l'admiration qu'il lui vouait n'avait rien de corrompu.

Elle sentit qu'il ne simulait pas, que son intrusion l'affectait bien plus qu'elle n'avait dû l'imaginer. Son visage se radoucit. Elle baissa son arme, la remit dans son holster et fit quelques pas vers lui, pour l'aider à se relever, supposa-t-il.

« Non ! s'opposa-t-il d'une voix enrouée. Restez où vous êtes !

— Alors, c'est vraiment vrai ? demanda Mahia, interloquée.

— Laissez-moi respirer ! Vous êtes trop près !

— Vous n'avez vu personne depuis vingt-cinq ans ? Vous n'êtes pas sorti depuis tout ce temps ?

— Reculez ! Je vous en supplie, reculez !

— Je ne bouge plus, promis ! C'est bon là ? »

Elle se posa sur une chaise et fit mine de poursuivre son examen des lieux en attendant que son hôte dont la respiration devenait moins sifflante ne retrouvât sa contenance.

« Qui vous a conduit jusqu'ici ? bégaya-t-il.

— Personne. Je suis une grande fille.

— Comment êtes-vous entrée ?

— J'ai profité d'une livraison pour me faufiler dans le monte-charge.

— Je peux vous attaquer en justice pour cette intrusion, je peux vous citer les textes…

— Je peux aussi vous attaquer pour atteinte à la vie privée, rétorqua-t-elle en désignant la photo qu'elle avait arrachée avant de la glisser dans la poche arrière de son jeans. Je connais moi aussi les textes. Je suis de la police…

— Je ne le sais que trop, commandant Mahia Lenh-Sheing. C'est pour cela que je vous ai écrit ce matin.

— Et c'est pour cela que je suis là, professeur Iorik Zuhaitz. À moins que je ne vous appelle P.IO.

— Je vois que vous vous êtes renseignée.

— Il semblerait que vous en ayez fait de même. Vous allez mieux ? Bien ! Vous allez donc me raconter cette histoire de Vargas et de tueur… »

Et elle se leva d'un bond pour venir aider son hôte à se relever.

« Ne bougez pas ! Ne m'approchez pas ! se mit-il à nouveau à bégayer, alors que le sifflement de sa respiration reprenait le dessus.

— C'est quoi votre problème ? Vous êtes asthmatique ?

— Je suis agoraphobe et mysophobe. Quand mon environnement est perturbé – par l'intrusion inopinée d'une personne telle que vous (ce qui n'est jamais arrivé, jusque-là), je suis accablé par des crises d'angoisse, qu'on appelle aussi attaques de panique. J'irai mieux quand vous serez partie.

— Intrusion inopinée, c'est pas un pléonasme ça ? répondit Mahia, en tentant un trait humour. Agoraphobe, je sais ce que c'est. Mysophobe, vous m'expliquez ?

— J'ai peur des germes, des bactéries, de la saleté, des microbes… que vous me contaminiez. Vous n'avez touché à rien, n'est-ce pas ?

— J'ai touché à cette punaise en récupérant ma photo dont je ne m'explique pas la présence sur votre mur, dit-elle en enfilant son masque et une paire de gants en latex. Là, ça va mieux ?

— Je vous ai dit : j'irai mieux quand vous serez partie.

— Si vous êtes mysto…

— Mysophobe…

— Mysophobe, oui, vous êtes verni, en ce moment ? On ne parle que de pandémie, de virus, de contagion…

— Et on en parle trop, à mon avis ! Le sujet oblitère tous les autres dont certains sont tout aussi importants !

— Écoutez, je ne suis pas venue discuter de vos pathologies. Si je suis là, c'est de votre faute. Jamais je ne me serais permis d'envahir votre espace si vous ne m'aviez pas envoyé ce SMS. Et je ne partirai pas sans avoir ma réponse. C'est quoi cette histoire de tueur ?

— Écartez-vous que je puisse m'approcher de mon mur. J'ai besoin de mon support pour vous exposer ma théorie. Je suis désolé de devoir le faire en tenue de sport et sans être préalablement passé sous la douche. J'y serai à l'heure actuelle si je ne vous avais pas trouvée dans mon bureau.

— Vous m'en voyez désolée. »

Le Professeur se releva précautionneusement, demeura immobile quelques secondes (sans doute pour éprouver son équilibre) puis se déplaça, avec l'élégance d'un félin, jusqu'au plan de la ville. Au fur et à mesure qu'il avançait, Mahia bougeait de manière à rester loin de lui pour ne pas interférer avec la bulle invisible dans laquelle il vivait et qui lui était nécessaire pour se sentir en sécurité.

« L'épidémie qui règne dehors, alliée à une situation inédite de confinement n'est pas sans conséquence. L'expérience s'avère délétère chez certains : multiplication des troubles anxieux, troubles de l'humeur, confusions, dépressions, insomnies, voire un syndrome de stress post-traumatique et une décompensation chez les plus fragiles.

— Je me permets de vous arrêter, là ! Ce n'est pas d'un cours avec des mots compliqués dont j'ai besoin.

— Laissez-moi poursuivre, vous allez comprendre. Une décompensation se caractérise par une rupture de l'équilibre psychique chez un individu qui le fait sortir du réel, en quelque sorte, et le fait basculer dans des épisodes délirants. Ce basculement est souvent la cause de passages à l'acte. J'ai positionné les résultats de ces passages à l'acte sur cette carte. Ils sont au nombre de cinq et ont, bien entendu, échappé à votre vigilance puisque les faits que j'ai répertoriés sont en apparence insignifiants. Vous haussez les sourcils ? Pourtant, vous allez voir… J'ose espérer que mes prévisions ne se réaliseront pas et que vous attraperez l'individu dont il est question avant qu'il ne sévisse à nouveau.

— Ça y est ! Je sais à qui vous me faites penser ! Au Sherlock Holmes d'*Elementary*[7] ! Votre attitude, la façon dont vous parlez et surtout votre assurance…

— Je suis bien meilleur que lui, la coupa-t-il. S'il vous plaît, je peux poursuivre ma démonstration, sans être interrompu ?

— Faite… mais vite, j'ai du boulot qui m'attend.

— Le 16 mars, les mesures de confinement sont annoncées. Le lundi suivant – le 23 –,

---

7. Série américaine ; transposition moderne et libre adaptation des aventures du détective anglais à l'ère contemporaine : en effet, Sherlock Holmes vit à New York avec le Dr Joan Watson, qui est une femme et qui lui sert de marraine dans son combat personnel contre sa toxicomanie. Tous les deux travaillent comme consultants pour le NYPD.

alors que les rues se sont vidées, des pêcheurs découvrent au petit matin, sur la passerelle en construction près de la grillerie, une caissette à poissons contenant douze rats allongés côte à côte, rangés comme dans une boîte à sardines. Ils ont tous été empoisonnés. Le 31 mars, aux alentours de 10h, une grand-mère et sa petite fille se promènent sur la place Louis XIV suivant les restrictions édictées par l'article 3 du décret du 23 mars 2020 prescrivant les mesures générales nécessaires pour faire face à l'épidémie de Covid-19 dans le cadre de l'état d'urgence sanitaire. Dans le kiosque, la petite fille trouve six pigeons morts, déposés les uns à côté des autres, la tête dirigée vers le port, « comme s'ils dormaient ». Le 8 avril, ce sont trois chats qu'on a allongés de tout leur long sur le parking de Ravel, près des chatières installées par l'APA. Ce matin, enfin, j'ai moi-même découvert sur la plage… ce chien dont les goélands se sont copieusement repus. Il a dû séjourner plusieurs jours dans l'eau avant d'être rejeté sur le sable. À vue de nez, je dirais qu'il est mort aux alentours du 15.

— On a donc un tueur d'animaux en cavale, se moqua-t-elle.

— On a surtout là l'émergence d'un schéma, commandant Lenh-Sheing. Relisez la littérature criminelle. Je gage que le prochain dépôt sera un humain ; je dirais même une femme.

— Vous délirez, professeur !

— Le tueur alimente son fantasme et se fait la main en quelque sorte sur des victimes que je dirais abordables. Les rats ont été empoisonnés, les pigeons ont du plomb dans la cervelle, les chats ont eu le crâne perforé à la cloueuse. Je pense que le chien a, pour sa part, pris un sacré coup sur la tête avant d'être balancé dans la Nivelle...

— Comment savez-vous tout cela ?

— Les réseaux sociaux sont une mine d'informations que vous ne soupçonnez pas. Si la police passait plus de temps à fouiller ces vecteurs de communication et si elle savait y pêcher les indices signifiants, le taux de criminalité serait largement en baisse. Car, voyez-vous, Facebook, Twitter, Instagram et autre Google sont d'excellents délateurs qui, bien utilisés, pourraient avoir dans le domaine qui vous occupe des vertus prophylactiques. Mais les services de police ne s'encombrent pas de détails et, surtout, ils n'ont ni la patience pour trier le blé de l'ivraie, ni l'intelligence pour en décrypter les données pertinentes.

— Sympa votre remarque sous-entendant notre incapacité à...

— Je sous-entends seulement que vous n'êtes pas formés à ce type de balayage, il n'empêche que... »

La sonnerie du téléphone de Mahia le coupa dans sa réplique.

« Je dois répondre, dit-elle en décrochant. Oui, Ahmad ! »

Le Professeur s'immobilisa, ferma les yeux, contrôla sa respiration et focalisa toute son attention sur un seul de ses sens : l'ouïe. Grâce à la mise en pratique de techniques d'optimisation du potentiel qu'il avait appris à maîtriser depuis longtemps, il était en capacité de majorer son acuité. Ainsi parvint-il à entendre la totalité de la conversation.

« Mahia ? On a un cadavre. Si tu es là où je pense que tu es, tu n'auras pas un long trajet à faire pour nous rejoindre. Rue Courtade. Dans un des containers, juste au pied de la tourelle sud de la Villa Germaine. Je suis avec Moussha. Et Lucie nous a rejoints. On sécurise. Berthelot a promis d'être là d'ici dix minutes.

— J'arrive, répondit-elle avant de raccrocher.

— Berthelot, c'est le légiste, commenta Zuhaitz. Je l'aime bien, il est rigoureux et ses conclusions sont pertinentes.

— Écouter aux portes fait aussi partie de vos habitudes, le coupa Mahia. Il faut que je sorte d'ici.

— Je vais demander qu'on vous ouvre. Vous avez écouté ce que je vous ai dit ?

— Oui. J'ai pris mentalement des notes.

— Vous allez me tenir au courant à propos de cette histoire de cadavre ?

— Je ne sais pas encore. Je verrai. »

Elle lui tourna le dos pour se diriger vers le couloir qu'elle avait initialement emprunté puis, fit volte-face :

« Vous serez aux premières loges de toute façon ?

— Effectivement. Et je n'en manquerai pas une miette. »

TROISIÈME MOUVEMENT

« Rien n'est vrai, rien n'est faux ;
Tout est songe et mensonge,
Illusion du cœur qu'un vain espoir prolonge.
Nos seules vérités, hommes, sont nos douleurs. »

Alphonse de Lamartine
(1790-1869)

15

Le corps avait été découvert par les éboueurs de la ville. Il gisait dans ce container que le système hydraulique situé à l'arrière du camion avait failli vider dans la benne où il aurait été compacté. Au moment de basculer, alors que le couvercle commençait à s'ouvrir, Ttotte[8] avait vu surgir une main d'une blancheur marmoréenne dont la vision l'avait drôlement secoué. Il avait tout arrêté et alerté le conducteur.

À cause de la pandémie, Ttotte était seul sur la marche à l'arrière du camion. Les tournées étaient plus longues et plus fatigantes, mais personne n'allait faire le boulot à sa place. On lui avait cependant donné le choix. Il n'avait pas réfléchi longtemps. Alors que la ville

8. Se prononce «Tiotié», correspond à Joseph.

vivait confinée, lui prenait l'air – le nez dans la benne, l'air y était certes quelque peu vicié, mais lui n'était pas obligé de rester enfermé.

Les habitants saluaient leur travail par quelques gestes de sympathie : des grands mercis scotchés à même les poubelles et même des petits cadeaux – une vieille dame leur faisait régulièrement des gâteaux.

Tous les soirs, à 20h, quand les gens se mettaient à leurs fenêtres pour applaudir les soignants, il espérait qu'on applaudisse aussi le travail d'assainissement qu'il faisait avec son équipe et celui que faisaient tous les autres travailleurs pour que vivent les huit millions de français au chômage partiel, ceux qui télétravaillaient, ceux qui secondaient la maîtresse en faisant classe à la maison, ce qui accompagnaient les personnes dépendances, handicapées, âgées…

Quand la main blanche et raide avait jailli du couvercle, comme un serpent venimeux giclant de sa boîte, il avait d'abord cru qu'un magasin s'était débarrassé d'un de ces mannequins qui s'exposent dans les vitrines. Ce type d'objet faisait partie des encombrants et devait être jeté en déchetterie – ce n'était pas faute de le répéter. Il avait donc commencé à tempêter contre l'incivilité de certains, en dévidant un chapelet d'injures. Mais il s'était ravisé car les mannequins de polypropylène, même les plus réalistes, ne portaient pas d'alliance.

Saisi par la panique, il avait arrêté la manœuvre, refermé le couvercle et fait comme s'il n'y avait jamais touché après l'avoir fait rouler à sa place habituelle, au pied de la tourelle de la Villa Germaine, là où il se disait que vivait un type fou qui n'avait jamais mis le nez dehors.

16

Mahia retrouva aisément le chemin vers la sortie. Entre le bureau du professeur et la porte cochère, elle ne croisa personne – pas même un domestique. Le terme faisait vraiment XIXe siècle ! Comment désignait-on aujourd'hui ce type de personnel ? Elle était incapable de le dire, mais était cependant déçue de n'avoir pu les rencontrer.

En quittant la bâtisse, elle tomba nez à nez avec Lucie qui prenait une série de clichés avec son portable. Plus loin, Moussha arpentait la rue avec son décamètre. De la rubalise avait été tendue d'un côté, à l'intersection de la rue Tourasse et de l'autre, en haut de la rue de la République, pour interdire aux badauds de s'approcher. En temps normal, il aurait fallu faire appel à des renforts pour restreindre l'accès au périmètre. Les gens avaient tellement l'habitude de regarder des séries policières que les scènes de crime attiraient irrésistiblement leur curiosité.

Mais avec les mesures de confinement, il n'y avait personne.

En ce milieu de matinée, les Luziens étaient plutôt dans la rue Gambetta ou près des halles à faire la queue pour acheter du pain, des légumes ou de la viande. Des files d'attente interminables, d'une longueur majorée par la nécessité d'observer un mètre réglementaire entre chaque personne. Les scènes auxquelles cette période donnait à voir semblaient d'un autre temps, teintée d'irréalité. Pour beaucoup, la pandémie actuelle faisait écho à une thématique chère à la littérature d'anticipation ; elle n'était pas sans rappeler non plus certaines images ancrées en nous, issues des manuels d'histoire où les deux grandes guerres étaient au programme.

Ahmad lui sauta presque dessus et la mitrailla de questions :

« Alors, commandant, tu l'as vu ? Tu lui as parlé ? Il est comment ? Raconte...

— Toi, raconte ! lui rétorqua-t-elle. D'abord, le boulot. Après je te dis. »

Il lui rapporta avec force détails les témoignages des deux éboueurs qu'il lui désigna, plus loin, assis sur les marches de la maison « La Chozita » fumant et buvant du café qu'ils s'étaient servi de leur Thermos. L'idée de se joindre à eux pour leur en quémandait une tasse traversa brièvement l'esprit du commandant Lenh-Sheing. À cette heure-ci, elle en avait normalement avalé au moins deux ou trois et son envie de caféine qu'avait fait taire sa rencontre avec Iorik Zuhaitz se muait maintenant en crise de manque.

Le container était positionné à l'aplomb de la tour sud de la Villa Germaine. Le couvercle était ouvert et le corps, toujours à l'intérieur.

Un rapide coup d'œil lui permit de constater qu'effectivement, comme il s'en était targué, le Professeur n'en manquait pas une miette. Elle le salua d'un geste de tête qu'Ahmad décrypta aussitôt.

« Il nous observe de là-haut ?

— Ahmad !

— Ok. La victime est une femme, en tenue de jogging. La trentaine, je tirais. Elle porte une montre connectée. Les écouteurs dont le fil passe sous son t-shirt laissent à penser qu'ils sont reliés à un lecteur MP3 ou, plus vraisemblablement, à un téléphone portable qui doit se trouver dans la poche arrière de son legging. L'avantage de ces montres, c'est qu'elles enregistrent le trajet, la vitesse…

— Et le point de départ, l'interrompit-elle. Carole a le même modèle. Je lui ai offert pour son anniversaire. Elle dort même avec, pour visualiser ses phases de sommeil. Si ça pouvait l'empêcher de ronfler…

— On devrait donc savoir d'où elle est partie, poursuivit Ahmad. Ce qui va faciliter l'enquête de proximité.

— Elle doit en plus avoir sur elle son attestation de déplacement et sa carte d'identité. On devrait donc avoir très vite aussi un nom. T'en penses quoi, toi ?

— Ben, c'est-à-dire que…. Mais voilà, Berthelot, on va être fixés.

— On va être fixés », conclut Mahia en levant le regard vers le sommet de la tourelle.

De là où elle se tenait, elle devinait plus qu'elle ne voyait la silhouette longiligne du professeur. Elle le savait pourtant présent, tel un seigneur juché en haut de son donjon, assistant aux prémices de son enquête. En avait-il posé les jalons lors de son exposé ? Elle ne pouvait le nier : elle avait été troublée, non pas par l'homme même si celui-ci était séduisant, mais par le personnage qu'il incarnait…

Par le charisme qu'il imposait. Tout ce dont il lui avait parlé – les rats, les pigeons, les chats, le chien… –, tout se tenait. Elle savait cependant qu'une belle démonstration, aussi argumentée et aussi convaincante fût-elle, pouvait s'avérer n'être qu'un tissu de mensonges. Les thèses complotistes qui alimentaient les actualités quotidiennes en était la preuve. Toutes se drapaient des couleurs d'une vérité à laquelle, dépourvus de discernement, certains adhéraient sans conteste.

Mahia prit conscience du fait qu'elle avait gardé les gants en latex passés à la hâte dans le bureau du professeur quand elle s'apprêta à serrer la main du Dr Berthelot.

« Pas de relâchement, commandant, la reprit-il. Gestes barrières et distanciation sociale de rigueur pour tous ! Je m'équipe et on y va. Vous me faites un petit topo ? »

La crise sanitaire n'avait pas amputé le Dr Berthelot de sa jovialité. L'homme, trapu et bedonnant, était toujours d'humeur égale, quels que fussent le temps, la situation, l'équipe avec laquelle il fallait composer. Comme l'avait souligné Zuhaitz, il était aussi très méticuleux et, soucieux de rendre hommage aux humains qu'avaient été les corps qu'il autopsiait, très regardant sur les détails qui entouraient les circonstances de leur décès. Il avait, de plus, ces qualités que sont la ponctualité et la rapidité d'exécution. Dans une ville comme Saint-Jean-de-Luz, où le taux de criminalité était relativement bas, ce n'était pas forcément difficile en comparaison aux légistes travaillant dans des zones plus exposées.

Utilisant un escabeau, Berthelot jeta d'abord un œil à l'intérieur du container. Son dictaphone se déclencha au moment où il énonça ses premières constatations. Elles étaient somme toute similaires à celles faites par Ahmad quelques minutes plutôt. L'extraction du corps ne se fit pas sans difficulté. L'équipe scientifique arrivée entre temps prêta mains fortes au médecin et à son assistant pour déposer le corps sur la civière déployée. Prisonnière des effets de la *rigor mortis*, la victime ressemblait à une contorsionniste grotesque dont la position aurait pu prêter à rire si elle n'avait pas été jetée comme un sac d'ordures après sa mort. La jeune femme – Paula Straub, 32 ans, domicilié rue Évariste Baignol à Ciboure – présentait une coupure à la tête qui, bien que loin d'être létale, avait beaucoup saignée et des blessures, aux jambes et à la colonne vertébrale, consécutives à un choc provoqué par l'impact avec un véhicule. On avait, en clair, foncé sur cette jeune femme qui devait faire son jogging, et ramassé son corps pour le balancer ensuite dans cette poubelle. À cause de la présence abondante de sang, Berthelot n'excluait pas qu'elle fût encore vivante quand son agresseur s'était débarrassé d'elle, ce qui laissait percevoir l'horreur : une agonie de plusieurs heures avant qu'elle ne décédât.

Mahia repoussa la scène des derniers instants de Paula Straub qui se reconstituait dans son esprit pour se concentrer sur ses effets personnels – sa montre, son téléphone et ses papiers – que Berthelot lui confia avant fermer le sac mortuaire. Moussha et Ahmad sauraient en extraire les données exploitables pour que s'expriment les informations nécessaires à leur enquête.

Alors que l'équipe scientifique terminait ses prélèvements sur le container qu'on décida finalement d'embarquer, Mahia jeta un ultime coup d'œil au dernier étage de la tourelle. L'ombre était toujours là, immobile.

« Dr Berthelot, s'écria Mahia, il y a un gros chien mort là-bas, sur la plage. Accepteriez-vous d'y jeter aussi un coup d'œil ?

— Vous pensez qu'il pourrait y avoir un lien entre cette jeune femme et l'animal ?

— Je ne sais pas. Mais j'aimerais ne rien laisser au hasard.

— L'intuition est la meilleure des guides dans une enquête criminelle, commandant Lenh-Sheing. Messieurs, dit alors le légiste en s'adressant aux deux employés de la ville qui avaient terminé de boire leur café depuis longtemps, accepteriez-vous de mettre le cadavre du chien qu'il y a sur la plage dans ce sac mortuaire ? J'ai une pelle et des gants, si besoin. »

Les deux hommes s'y rendirent de mauvaise grâce. L'odeur était infecte et le spectacle absolument écœurant. Après avoir chassé les goélands, ils emballèrent la dépouille comme on le leur avait demandé et revinrent prestement, boostés pas la promesse d'être enfin libérés de l'attente improductive qu'on leur avait imposée. Quoiqu'il advienne désormais, il leur faudrait faire des heures supplémentaires pour boucler leur tournée de la journée.

Quand Mahia quitta les lieux, la rue avait retrouvé sa vacuité. La rubalise avait été retirée et les véhicules qui encombraient la chaussée étaient repartis. Seule l'absence du container attestait de la scène qui venait de se jouer. Le bruit des vagues rebondissait contre les contreforts de la promenade pour se perdre en un murmure. Il n'y avait plus personne au dernier étage de la tourelle.

Les SMS que Mahia reçut quand elle traversa la terrasse du Majectic pour rejoindre le parking du port lui prouvèrent que le locataire de la Villa Germaine avait accordé une attention accrue à tous leurs agissements.

« Vous avez demandé un prélèvement d'ADN sur le corps de la femme ?

Et sur le chien ?

Je vous fais déposer les clous que j'ai fait retirer du crâne des chats avec toutes les précautions requises, au commissariat vers midi.

Des empreintes peut-être sur la tête de ces trois clous ? »

Grottes de Sare,
Pays basque, Aquitaine,
Date du rendez-vous :
23.07.2020 - 20:00

Venez découvrir le monde fascinant des chauves-souris. Après une présentation de ces mammifères (via un film documentaire), nous observerons au crépuscule les chauves-souris sortir frénétiquement de la grotte pour leur partie de chasse nocturne. RDV au portail d'entrée des grottes de Sare.

Référencé comme un habitat d'intérêt international pour les nombreuses espèces de chauves-souris qui y séjournent, les grottes de Sare invitent les visiteurs à respecter ce curieux petit animal longtemps considéré comme de mauvais augure.

Pourquoi tant de dégoût et de haine à l'égard du seul mammifère doué de vol actif? Son esthétique très particulière et son activité nocturne le désignent comme éminemment suspect. Nombre de légendes courent à son sujet: la première disant qu'il s'accrocherait aux cheveux des femmes ce qui les rendrait chauves; la seconde – mais il y en aurait d'autres – le comparant à un vampire suceur de sang.

«Rien n'est plus faux!», s'insurgent les chiroptérologues.

Son système d'écholocation extrêmement précis lui permet de tracer sa route et d'éviter tous les objets qui pourraient l'entraver. L'image d'une chauve-souris se prenant dans une chevelure comme un insecte dans une toile d'araignée est bien loin d'arriver; on attribue cette ancienne superstition à une tradition visant à terrifier les jeunes femmes pour les empêcher de sortir la nuit. Quant au fait que l'animal serait un vampire (image formalisée par la littérature fantastique), ce n'est pas totalement faux mais terriblement réducteur puisqu'il n'existe que trois espèces (sur un total d'environ 1 400) vivant en Amérique Latine qui se nourrissent du sang du bétail.

Les superstitions ont la vie dure et les légendes restent tenaces. Ainsi, dans certains pays, dit-on encore que voir une chauve-souris le jour d'Halloween serait signe de mauvais présage; mais la voir faire trois fois le tour d'une maison serait bien pire encore puisqu'elle annoncerait la mort imminente de son propriétaire.

Outre la particularité d'être le seul mammifère volant, la chauve-souris a surtout cette formidable capacité de résilience vis-à-vis des maladies infectieuses qui fascinent les virologues.

« Les chauves-souris semblent être les seules à pouvoir éviter la menace d'une maladie immunitaire », affirme le Dr Brook de l'université de Berkeley.

Aussi font-elles l'objet de nombreuses études visant à percer le secret de leur incroyable système immunitaire.

Surtout en cette période de pandémie mondiale.

D'autant que des voix s'élèvent pour affirmer, avec de plus en plus de conviction, que la chauve-souris ne serait pas tout à fait innocente dans cette affaire-là...

Si les scientifiques s'accordent sur la découverte chez le pangolin d'un coronavirus présentant une très étrange similarité avec le SARS-CoV-2, il serait effectivement plus vraisemblable que le virus originel soit issu d'un chiroptère et qu'il soit le résultat de recombinaisons virales chez un hôte intermédiaire. Certains épidémiologistes réfuteraient même l'existence d'intermédiaires, arguant que le virus le plus proche du SARS-CoV-2 est le coronavirus RaT-G13 présent chez des chauves-souris rhinolophes du Yunnan[9] avec qui il partage 96% de bases communes.

Le Covid-19 est loin d'avoir livré tous ses secrets mais si la chauve-souris est l'origine du mal, ne pourrait-elle pas par réciprocité être sa probable source de guérison ?

Le patient zéro (qui a été formellement identifié par les autorités chinoises) aurait bien été infecté en novembre 2019. Depuis, avec sa transmission, le virus aurait muté.

Que s'est-il donc passé entre cette première contamination et la vague épidémique que subit la planète à ce jour ?

Beaucoup d'inconnues demeurent encore.

La zoonose reste cependant confirmée.

Quant à la chauve-souris, elle s'impose comme une constante dans l'équation… Comme en 2003, pour l'épidémie de SRAS et pour celle du MERS, en 2012. Mais aussi

9. Province du sud-ouest de la Chine.

lors de la fièvre hémorragique Ebola en 2014-2015 qui a fait près 11 000 morts et lors de la fièvre de Marburg entre 1998 et 2000 au Congo puis en 2004-2005 en Angola. On y ajoutera le virus Nipah des années 1990-2000 au Bangladesh, en Malaisie et à Singapour, ainsi que le virus Hendra qui sévit à la même époque en Australie.

Mythiques et mystérieuses, objets de fascination ou de peur, les chauves-souris ne sont pas malheureusement pas près de se départir de leur mauvaise réputation…

Pour l'heure, en cette période de confinement imposée aux humains, elles profitent des grottes délaissées par les visiteurs…

17

Cet état d'urgence sanitaire avait quelque chose de réjouissant. Il était même terriblement jubilatoire. Il avait permis à Antoine Daubas de balayer ses sentiments auto-dépréciatifs pour enfin devenir quelqu'un. Et cette prise de conscience lui avait accordé un pouvoir qu'il n'avait jamais mesuré jusque-là : celui de faire correspondre la vision qu'il avait de lui-même et l'image fantasmée qu'il se faisait de sa personne, dans une juxtaposition presque parfaite.

Dans la vie de tous les jours – sa désormais « vie d'avant » –, il n'était aux yeux de ceux qui le croisaient qu'un auxiliaire de vie, un être insignifiant et subalterne dont les tâches quotidiennes se teintaient d'une soumission vaine, un individu dont la condition d'assistant le reléguait au second plan. En obligeant le reste du monde à rester chez soi, le gouvernement avait fait de lui un homme libre de vaquer et de se déplacer comme il l'entendait quand d'autres ne pouvaient qu'en rêver. Aussi, pour la première fois, l'enviait-on et, pour la première fois, sa fonction lui octroyait-elle une liberté d'action qui participait à son élévation en consolidant la certitude de sa supériorité. Jusqu'alors, il avait eu trop d'empathie à l'égard des êtres méprisants qui l'éclaboussaient de leur arrogance, trop de respect pour se montrer grossier ou vindicatif. C'était sa faiblesse. Prendre conscience de sa grandeur, de son pouvoir avait manqué à son accomplissement. Cette mutation qui s'était opérée en lui ces dernières semaines l'avait révélé à lui-même.

Il s'en félicitait ce matin-là en inspectant son corps devant la glace avec une fierté chaque jour plus affirmée. Les salles de sport avaient fermé mais cela ne l'empêchait pas de poursuivre ses exercices journaliers. Une bonne condition physique était nécessaire dans son travail : quand il fallait porter un patient, l'aider à se lever, l'accompagner dans ses déplacements, l'ensemble de son anatomie était sollicité. Sa capacité musculaire, sa force vitale étaient ses véritables outils de travail et ce à quoi la qualité de ses services était assujettie. Il n'était donc nullement question de faillir dans ces moments-là ou, pire, de se faire mal.

Torse nu face au miroir en pied, il admirait ce qu'il était devenu. L'harmonie était surprenante, à l'image du cliché qu'il avait punaisé sur le mur accompagné de l'annotation : « Objectif de l'année 2020 ».

Ses pectoraux, trapèzes et abdominaux, comme ses deltoïdes et ses biceps, lui donnaient une carrure impressionnante, à faire pâlir n'importe quelle bête de concours. Quant au galbe de ses fessiers comme de ses cuisses, il n'était pas en reste.

Antoine Daubas était en passe d'atteindre l'objectif physique qu'il s'était fixé, assorti de l'épanouissement spirituel auquel il avait toujours aspiré. Une bouffée de bonheur le submergea : il était désormais si proche du but, « à ça » de la plénitude.

Il caressa du regard la cicatrice qui lui balafrait le bas-ventre, là où certains portaient les stigmates d'une ancienne appendicectomie. Au toucher, la peau y semblait plus rugueuse. Sans doute à cause de son caractère supplicié. Cette marque si visible, presque une insulte à son admirable anatomie témoignait de sa première victoire, une victoire oubliée, arrachée au destin avant sa propre naissance. Quand, lors d'une banale visite médicale de contrôle, le praticien avait souligné la présence de cette grosseur dans la partie inférieure droite de son abdomen, Antoine Daubas s'était imaginé d'abord crucifié par les affres du néant, agonisant des jours entiers, déchiré par d'atroces souffrances et en proie aux tortures de la dissolution, crucifié : un cancer allait l'arracher à sa vie à peine entamée, tout juste reconquise, et mettre un terme à tous ses projets de voyage... Dans l'attente des résultats d'analyses, il avait passé de longues nuits sans sommeil, à mourir à petit feu, jusqu'à ce que le diagnostic ne tombe.

« C'est une tumeur bénigne constituée de cellules pluripotentes, avait expliqué le spécialiste, des reliques de votre période embryonnaire durant laquelle votre jumeau a migré à l'intérieur de vous.

— Mais je n'ai pas de jumeau, s'était défendu Antoine. Je suis fils unique !

— Par la force des choses, mon ami ! avait repris le docteur. Il se trouve que nous avons là la preuve que vous avez eu, à un moment de l'embryogénèse, un jumeau et que vous l'avez assimilé. Ce kyste fait de poils, de cheveux et de résidus dentaires atteste de l'existence d'un deuxième fœtus procréé en même temps que vous mais qui ne s'est jamais développé parce que vous avez mis un point final à son développement en le tuant dans l'œuf. Cette tumeur retirée de vos entrailles est le jumeau parasite. »

Face à son patient resté sans voix, le médecin avait cru bon de rajouter sur un ton plus léger :

« S'il est – fut, devrais-je dire – le jumeau parasite, vous êtes, pour votre part, le jumeau cannibale, un meurtrier en puissance ! »

Que n'avait-il pas dit !

Cette intervention chirurgicale sans gravité avait mis en branle, dans l'inconscient d'Antoine Daubas déjà mis à mal par une telle révélation, un long processus de transmutation dont l'aboutissement se révélerait durant ce confinement. Dans un coin de son esprit, quelque chose s'était allumée avec l'idée que dans ce combat des origines, il avait été le plus fort.

Cette période troublée lui permettait d'éprouver la portée véritable de son pouvoir. Pourquoi ne remporterait-il pas d'autres victoires dans les jours, les semaines et les mois à venir ?

Il caressa à nouveau la cicatrice avant de s'habiller, comme on touche un objet liturgique pour se donner de la force ou obtenir les grâces d'une instance supérieure. Il quitta l'appartement en emportant avec lui la cloueuse pneumatique qu'il avait empruntée à Monsieur André. Ce sacré bricoleur avec qui il passait quotidiennement de longues heures, possédait, dans l'apprenti du fond de son jardin, un assortiment de produits plus toxiques les uns que les autres, ainsi qu'une panoplie d'outils et d'ustensiles d'une incroyable diversité. Antoine Daubas envisageait de trouver prochainement une utilité empirique à certains de ces accessoires dans des activités qu'il espérait pouvoir mener en dehors de ses heures de travail.

18

Moussha et Lucie avaient quitté la rue Courtade, à Saint-Jean-de-Luz, pour la rue Évariste Baignol, à Ciboure. Paula Straub habitait au rez-de-chaussée d'une ancienne maison partagée en cinq appartements répartis sur deux étages. Si le dernier étage n'était pas occupé régulièrement puisque servant de résidence secondaire, le premier étage lui desservait deux logements où vivaient dans l'un, un couple de commerçants au chômage partiel à cause des mesures de confinement et dans l'autre, une employée en boulangerie qui, elle, se rendait au travail tous les jours, munie de son masque, de ses gants, de sa blouse et d'une visière anti-projections. Tous connaissaient leur voisine pour l'avoir croisée régulièrement et avoir discuté avec elle mais outre le fait de savoir qu'elle travaillait dans l'immobilier et qu'elle était en télétravail, personne ne la connaissait plus que cela. Elle vivait seule et ne recevait que très rarement. L'alliance à son doigt n'avait donc pas de signification – excepté pour elle. Un moyen de repousser les dragueurs ? Le souvenir d'un mariage perdu ? Un bijou de famille à la valeur hautement sentimentale ?

Deux ou trois fois par semaine, Paula Straub courait. Généralement, elle remontait la rue vers le centre historique de Ciboure et revenait par la nationale. La veille, personne ne l'avait vue partir. Mais il lui arrivait de courir de nuit, tard, des fois, vers 21h ou plus. Nul n'y avait prêté véritablement d'attention. Les volets de chez elle restaient souvent mi-clos – comme c'était le cas en ce moment –, probablement pour protéger son intimité ; au rez-de-chaussée, on était souvent à portée de vue de tout un chacun et Paula était quelqu'un de plutôt discret.

Si les policiers n'en avaient pas appris plus sur la victime, Ahmad avait pour sa part réussi à trouver la carte de son parcours et, même découvert le lieu supposé de l'impact. Alors que Paula courait à une allure de 5 : 34/km, sa course s'était brusquement interrompue passant de 5 : 34/km à rien. La rencontre entre Paula et le véhicule incriminé avait eu lieu à 22h07, au bout du Quai de l'Infante, près du sémaphore. Il n'y avait pas d'habitations alentour, sauf de l'autre côté de la passe. Mahia demanda à Lucie et à Moussha de bien vouloir se rendre sur les lieux, avec un kit de prélèvements, pour vérifier s'il n'y avait pas de traces de la collision : de la gomme issue des pneus de la voiture tueuse ou du sang de la victime. Elle leur demanda ensuite de bien vouloir aller interroger les habitants du quai Ravel dont les baies vitrées donnaient sur l'entrée du port de Saint-Jean-de-Luz et sur l'impasse menant à la plage où Paula Straub avait vraisemblablement été percutée par un véhicule dont le conducteur avait emporté le corps pour aller le déposer ensuite dans le container de la rue Courtade.

« Avec tout ça, lui dit Ahmad, tu ne m'as pas raconté ta visite de ce matin. Je t'offre un bon café en échange de tes confessions. Regarde je suis venu avec un excellent cru de chez Kikeran. Tu me dis tout ?

Ses yeux noirs pétillaient d'une lueur méphistophélique.

« Deal ?

— Deal ! » répondit Mahia en lui tapant dans la main.

Son besoin de caféine était devenu était plus fort que tout.

« À condition, nuança-t-elle pour tenter de cacher combien elle salivait à l'idée de ce café, que tu t'occupes de voir si sûr le trajet de la victime, les caméras des agences bancaires n'auraient pas capturé l'image d'un véhicule rôdant intramuros entre, disons, 20h45 et 22h30.

— C'est promis ! Tu as bien pris conscience cependant que le Professeur est lui aussi un témoin potentiel ?

— Témoin ou tueur potentiel ?

— Je salive déjà à l'idée de t'écouter me raconter votre rencontre… »

Ahmad disposa deux tasses sur le bureau de Mahia et servit le café. L'arôme puissant du café brûlant enivra ses sens. Mahia s'apprêtait à avaler la première gorgée quand elle fut interrompue par le jeune collègue de l'accueil.

« Commandant, ce monsieur a demandé à vous voir. »

Le regard qu'elle lui jeta malgré elle lui fit d'instinct rentrer la tête dans les épaules.

« Bonjour Madame, dit le vieux monsieur qui l'accompagnait, je suis désolé de vous importuner mais on m'a demandé de vous remettre ça. »

Et il lui tendit un petit sachet de plastique zippé contenant trois longs clous qui semblaient partiellement rouillés, mais dont elle savait qu'ils étaient tachés du sang de trois chats exécutés par une main assassine.

19

Comment avait-elle osé ?

Son audace et son impudence l'avaient laissé sans voix.

Il aurait dû considérer cela comme un affront…

Le fait de perdre toute contenance face à elle, de bégayer, de se sentir oppressé au point d'en avoir la respiration coupée aurait dû se muer en ressentiment. Ne lui avait-elle pas fait perdre la face ? Pointant du doigt ses seules faiblesses, bafouant son intimité, l'atteignant d'emblée… D'aucuns auraient comparé cela à une agression, une mise en danger. Pourtant Iorik Zuhaitz se sentait apaisé, soulagé même, voire pleinement satisfait de ce *deus ex machina* qui était venu troubler sa matinée.

Le tête-à-tête qu'il avait vécu avec le commandant Lenh-Sheing dans son bureau – son refuge, sa vigie, son phare –, et qui s'était poursuivi dans la rue, sur la scène de crime découverte juste en bas de chez lui, l'avait convaincu du bien-fondé de son intrusion. Il avait en outre validé l'attachement qu'il avait formé à l'égard de cette jeune femme qu'il ne connaissait que par procuration.

De toute façon, tout était de sa faute. Le SMS envoyé sur un coup de tête, motivé par un entrelacs d'émotions plutôt qu'issu d'une longue maturation, avait de quoi intriguer, voire alpaguer l'attention de tout policier digne de ce nom. Cependant, elle n'avait pas traîné. Deux heures tout au plus. Et elle avait profité du moment de la livraison pour se glisser chez lui – ni vue, ni connue – pour venir demander des comptes en personne sur la teneur de son message. Pas de préméditation à sa visite, pas de préalable, elle avait simplement débarqué. Les circonstances avaient fait qu'elle parvînt à se hisser jusqu'à lui. Un hasard qui était sans doute un signe que cette rencontre devait avoir lieu un jour. Une conjoncture parfaite.

Néanmoins, si elle était entrée, d'autres seraient à même de pouvoir le faire aussi. Il lui faudrait donc renforcer le système. Des caméras avec détecteur de mouvement et vision infrarouge peut-être... Cela ferait quelques écrans supplémentaires. Peu importe, il y pensait depuis un moment. Il était temps de s'y résoudre.

Debout devant sa fenêtre, le regard posait plus loin que l'horizon, il jubilait. Comme à chaque fois qu'une de ses démonstrations faites – toujours par écran interposé – devant une assemblée d'étudiants, un comité de scientifiques, un aéropage de politiques ou tout autre concile, conseil, congrès faisant appel à ses services de consultant trouvait un consentement admiratif, une approbation enthousiaste, l'étincelle d'extase saluant son génie à travers des applaudissements ou un regard de connivence.

En dépit du petit sourire moqueur dessiné sur ses lèvres quand il avait commencé à lui parler des rats et des pigeons, il était parvenu à piquer sa curiosité, à implanter dans son esprit le grain de sable qui crisserait à chacune de ses réflexions et qui l'obligerait à y repenser, à s'approprier l'idée qu'il lui avait exposée. N'avait-elle pas convaincu le légiste de s'occuper aussi du chien ?

Il lui écrirait, demain ou après-demain, pour avoir des nouvelles de la victime. À moins qu'elle ne reprît elle-même contact, avant qu'il ne le fît.

L'état civil avait peu d'importance pour le tueur dont l'émergence était désormais une évidence. Tout cela avait un lien avec l'épidémie elle-même, du moins avec l'idée que l'homme – ce ne pouvait être qu'un homme – se faisait des vecteurs de la maladie. En ces temps de confinement et de déplacements réglementés, faire son jogging ne pouvait être considéré comme un motif de sortie impérieux ; d'autant que quand ils couraient, ces joggeurs dégoulinaient de sueur, bavaient et postillonnaient à l'envi !

Comme à chaque fois qu'il échafaudait une théorie, elle se vérifierait. Le commandant Lenh-Sheing rajouterait, grâce à lui, un trophée à son tableau de chasse. Ce dont elle n'avait pas forcément besoin pour asseoir son autorité et conforter sa réputation. Il l'avait bien perçu, durant les préliminaires de l'enquête : Mahia était quelqu'un qui avait fait ses preuves sur le terrain – c'était notable, presque palpable. Son aisance en attestait, tout comme le respect que lui témoignait son équipe, un respect authentique qui n'avait pas été imposé par sa qualité d'officier supérieur.

La carte du monde décorée de ses gommettes et de ces affichettes de couleurs attendait qu'il s'y intéressât de nouveau. La planète était aux abois avec cette crise sanitaire mondiale, pourtant des événements survenus çà et là, passés souvent inaperçus, avaient eux aussi leur importance.

Quelles corrélations pouvait-il bien avoir entre une invasion de méduses sur la côte méditerranéenne et le fait que la comète 1998 OR2 frôle la terre à l'échelle astronomique? Si les médias avaient réussi à faire le lien entre un rassemblement évangélique à Mulhouse et l'apparition de *clusters*, dont l'évidence n'était pas à démontrer, d'autres faits plus discrets, noyés dans le tissu d'informations très orientées du flux médiatique quotidien et moins stigmatisés avaient de quoi attirer l'attention du Professeur pour qui le détail, l'insignifiant, le laissé-pour-compte pouvaient revêtir une importance capitale.

Quelles corrélations encore entre l'absence de Kim Jong-Un à une cérémonie très officielle et la distribution de vivres aux plus pauvres organisée par les cartels à Mexico? Mary Malone et le Dr Cowan? La tuerie du Canada et l'opération Dark Winter?

Tout était nécessaire lié. A un instant donné, dans la toile tridimentionnelle où l'espace, le temps et les âmes entraient en collision se nouaient des connexions insoupçonnées dont les conséquences pouvaient parfois changer la vie des uns, l'histoire des autres, la face du monde et le devenir de l'humanité tout entière.

Quelle que soit leur nature, l'ensemble des événements à petite ou grande échelle – qu'ils eussent eu lieu dans le passé, se déroulent actuellement ou s'apprêtent à survenir dans le futur –, tous étaient liés les uns aux autres, sous-tendus par des forces insoupçonnées pour permettre l'équilibre de l'univers. En ce sens, le très géométrique idéogramme du Yin et du Yang reflétait une réalité intrinsèque que beaucoup d'entre nous considéraient comme l'expression d'une harmonie intérieure. Le philosophe Pascal l'avait déjà compris – en soupçonnant une connexion depuis devenue évidente entre l'infiniment petit et l'infiniment grand à l'époque où la science ne disposait pas des moyens actuels.

Sentinelle postée à la croisée des chemins, spectateur en retrait d'une activité humaine à laquelle il s'imaginait être étranger, acteur malgré lui, en dépit du choix de cette vie hors du monde, Iorik Zuhaitz travaillait tous les jours d'arrache-pied en mettant au service des grands dirigeants sa vision distanciée, rationalisée, presque mathématique, d'un monde dont il analysait les données en temps réel, en permanence, sans un répit, tel un joueur d'échecs déplaçant ses pièces pour que la partie ne se termine jamais, en répartissant les rôles de certains comme l'aurait fait un marionnettiste avec ses pantins.

Il en avait toujours su maîtriser les règles. Pourtant, en s'imposant à lui, dans son bureau, contre toute attente..., en le surprenant, Mahia Lhen-Sheing lui avait fait perdre contenance, avait mis à mal sa rigueur scientifique, une partie de son intégrité de doctorant, et bafoué le ton professoral allié à la démonstration sans faille. Tant et si bien qu'il avait oublié de lui rapporter des événements préalables à la découverte en série d'animaux morts – à savoir, les dégradations imputées à certains véhicules entre le 1er mars et le week-end précédent le début du confinement.

Il se promit de ne pas oublier de lui en parler quand, d'ici un à deux jours, il la recontacterait pour connaître les résultats de l'autopsie et de l'analyse des clous, avant que ne survienne le meurtre suivant…

20

Personne, parmi les témoins interrogés, n'avait vu Paula Straub, au bout du Quai de l'Infante, près du feu d'alignement. Cependant, malgré l'absence de témoignages attestant de la présence d'une coureuse, la veille à l'heure estimée par l'enquête préliminaire, et d'un agresseur supposé, Lucie et Moussha ne revinrent pas complètement bredouilles de leur chasse aux indices.

Le point géographique désigné par la montre GPS de la victime était, selon toute vraisemblance, le lieu de l'homicide et de l'enlèvement. Des traces de pneus et une tache maculant le bitume que l'œil averti de Lucie identifia comme étant du sang coagulé tendaient à le prouver. Mahia avait eu le nez fin.

Les deux policiers étaient donc de retour avec des prélèvements de gomme et de sang, un certain nombre de clichés intéressants et surtout, grâce au brevet de télépilote qu'avait obtenu récemment Moussha, une vidéo aérienne tout à fait éloquente du cheminement de la victime avant sa rencontre fatale, et une belle perspective sur lesdites traces de pneus et de sang. La prise de vue en altitude que permettait le drone laissait envisager certaines pistes quant à la façon dont l'agresseur s'y était pris. Paula Straub, les écouteurs vissés dans les oreilles, calés sur une playlist aux titres entraînants dont le volume était probablement assez élevé, devait courir au milieu de la route. La nuit était tombée et l'éclairage public était en mode économique, comme c'était le cas tous les soirs à partir de 21h30 depuis le mois d'octobre précédent – à moins qu'il ne fût coupé en cette période de confinement (il faudrait vérifier bien que cela ne changeât rien au déroulement de l'enquête, si ce n'était expliquer pourquoi personne n'avait pu apercevoir la joggeuse).

« Les traces de pneus qu'on voit là, expliqua Moussha alors qu'ils visionnaient la vidéo sur grand écran pour la deuxième fois, sont malheureusement inexploitables, mais à vue de nez – et ça n'engage que moi – on dirait des pneus plutôt larges…

— Ça veut dire quoi ? Un van, un 4x4, une camionnette ? l'interrogea Mahia.

— Il faut de toute façon de la place pour embarquer un corps, commenta Ahmad.

— Je suis sûre de pouvoir mettre un cadavre dans ma vieille Twingo, attaqua Lucie.

— Toi, t'es capable de tout, la chahuta Ahmad.

— D'après la gomme laissée sur le bitume, reprit Moussha, je pense que – comme l'a dit Mahia — la victime courait au milieu de la route et que, prise dans sa course et dans sa musique, elle n'a pas fait attention au fait qu'elle était suivie. Le conducteur du véhicule l'a peut-être klaxonnée pour la faire dégager. Elle n'a pas réagi, il s'est énervé et il a accéléré au point mort pour lui faire peur d'abord et puis, il a mis les gaz jusqu'à la percuter…

— Avec les écouteurs, t'entends pas grand-chose des fois, approuva Lucie. Elle aurait dû voir les phares, non ?

— Sauf s'il conduisait tous feux éteints.

— Berthelot travaille sur le corps en ce moment. Il nous dira, en fonction des blessures, si le scénario tient la route, affirma Mahia. Mais, comme tu le supposes, si elle était de dos et qu'on l'a percutée par-derrière, la blessure à la tête en haut du front serait concordante.

— Le mec peut aussi être arrivé sur le Quai de l'Infante à toute vitesse, en profitant de la désertion des rues comme certains l'ont fait avant lui pour faire son rodéo. Il ne voit pas la fille, l'écrase, comprend ce qu'il a fait, fiche le corps dans son coffre et s'en débarrasse plus loin.

— Ça se peut aussi.

— T'as pas l'air emballé, Mahia… remarqua Ahmad. Tu penses à autre chose ?

— Le message de ce matin !? s'écria Moussha.

— Quel message ? demanda Lucie. C'est quoi c't'histoire ?

— Y aurait effectivement une autre hypothèse… commença Mahia, mais elle est quelque peu…

— Que t'a donc dit le Professeur Iorik Zuhaitz ? l'encouragea Ahmad.

— Le dingo de la Villa Germaine ? intervint une nouvelle fois Lucie.

— Il est loin d'être dingo, crois-moi, s'insurgea Ahmad.

— Il a mis en corrélation différents événements survenus les semaines précédentes, impliquant la mort de différents animaux – des rats, des pigeons, des chats, le chien. C'est la mise en scène et la montée en puissance reliant ces différentes mises à mort qui lui ont permis de dégager un schéma prédictif. D'où son message de ce matin : « Après les animaux viendront les hommes. Un tueur rôde dans ta ville, commandant. »

— Et ? C'est tout ? renchérit Lucie. Il ne t'a rien dit de plus ?

— Le téléphone a sonné au moment même où il m'expliquait comment il était parvenu à cette conclusion, expliqua Mahia. Une conclusion imparable selon lui. Car cet homme ne se trompe jamais. J'ai rarement vu un mec aussi imbu de sa personne…

— À part ça, la coupa Lucie, il est comment physiquement ? Beau mec ? Et sexuellement, tu penses que…

— Oublie, ma pauvre ! Il est agoraphobe et mysophobe. Il a défailli quand il m'a trouvée dans son salon, terrassé par une crise de panique, et n'a consenti à me parler que lorsque j'ai eu mis mon masque et mes gants. Pour ce qui est de la distanciation sociale, ce type est au point depuis des années : quand il m'a parlé, j'étais à l'autre bout de la pièce, sagement assise sur un tabouret qu'il a sans doute fait nettoyer après mon départ.

— En attendant, poursuivit Ahmad pendant que Moussha travaillait sur sa vidéo, comme je vous l'ai déjà dit, ce type est un cador. Il est consultant pour des tas d'agences gouvernementales de plein de pays différents. Il en connaît un rayon sur les tueurs et le crime en général ; le FBI, pour ne citer que cet exemple, le sollicite régulièrement.

— C'est bien pour ça, reprit Mahia, que nous n'allons pas négliger la piste qu'il propose, même si – au début –, elle aurait pu prêter à rire. Lucie, on nous a déposé ce sachet tout à l'heure. Il contient les clous avec lesquels on a transpercé le crâne des chats. Peut-être va-t-on y trouver des empreintes ? Moussha, tu pourrais fouiller les réseaux pour voir si tu trouves quoi que ce soit sur la mise à mort de ces animaux et si quelqu'un se vanterait d'avoir fait quoi que ce soit en lien ce qui nous intéresse ?

— Et qu'est-ce qui nous intéresse ?

— Suis ton instinct, Moussha. Tu sauras quand t'auras trouvé !

— Je vais creuser le profil de la victime, proposa Ahmad. Même si je ne suis pas vraiment sûr que ça serve à quelque chose…

— C'est parfait, les encouragea Mahia. Je m'occupe de presser Berthelot. C'est bien la première fois que je ne me rends pas à une autopsie. Ce n'est pas que ça me manque… »

*

Quand Mahia rentra, Carole et Xan faisaient des crêpes. Carole préparait la pâte, pendant que Xan lui tournait autour en hululant « Petit bout ! Petit bout ! » avec une cuillère parce qu'il voulait la goûter.

Cette nouvelle journée de confinement avait été compliquée : le petit garçon avait beaucoup crié avec l'éducatrice qui lui avait rendu visite dans l'après-midi ; il ne comprenait toujours pas pourquoi on ne pouvait pas aller à la piscine, pourquoi le matin on ne prenait pas le bus pour se rendre à l'école. Où était la maîtresse ? Celle-ci avait beau l'appeler régulièrement pour lui parler, il n'y prêtait que peu d'attention. Et les autres enfants de son groupe, où étaient-ils ? Son mal-être transparaissait dans la réapparition de gestes, d'attitudes et de stéréotypies contre lesquels Mahia et Carole n'avaient pas de solution et face auxquels elles mesuraient leur impuissance. Elles étaient émotionnellement épuisées : ne pas pouvoir apaiser la détresse du jeune garçon, les désespérait. En temps normal, même si le quotidien n'était pas toujours facile, les sorties et leur vie sociale les aidaient à surmonter l'adversité. Le confinement les avait étreintes, renfermées sur elles-mêmes, compressées comme un noyau et c'en était, certains jours, asphyxiant.

En s'approchant de la table où ils cuisinaient, Mahia eut un geste malheureux et fit tomber de la farine :

« Rrrrooo ! Ama ! C'est gueulasse ! » s'écria Xan en se précipitant vers le placard dont il ouvrit et ferma la porte en la claquant une bonne dizaine de fois :

« Assipateur ! Assipateur ! Assipateur ! »

Mahia n'y couperait pas, il lui faudrait sortir l'aspirateur et réparer sa bêtise pour apaiser son fils.

*

Dans la soirée, Carole invita Mahia à s'installer devant la télé, pour se poser un peu. Bien qu'exténuée, Mahia proposa de regarder un épisode d'*Elementary* pour illustrer, lui dit-elle, le récit qu'elle lui fit alors de sa rencontre avec Iorik Zuhaitz. Carole qui se laissait dévorer par les livres plus qu'elle n'en dévorait elle-même, faute de temps, trouva l'anecdote digne d'un excellent roman et prit quelques notes. Peut-être pourrait-elle s'en inspirer pour l'intrigue de l'une de ses prochaines histoires… Elle avait réussi à en faire paraître quelques-unes et n'avait de cesse d'en écrire de nouvelles. L'écriture était un moyen pour elle de se libérer du quotidien. Elle déplorait de ne pouvoir y consacrer plus de temps.

Comme à son habitude, elle fit promettre à sa compagne de tout lui raconter concernant cette nouvelle enquête.

Saint-Jean-de-Luz, Pays basque, Aquitaine, France – 21 avril 2020

Un cadavre dans une poubelle.

La découverte du corps de Paula Straub, 32 ans, résidant à Ciboure, hier matin dans un container du front de mer, à l'intersection de la rue de la République et de la rue Jeanne Courtade, laisse la ville en émoi.

Assassinat ou accident ?

C'est la question que se pose l'équipe des policiers dirigée par le commandant Mahia Lenh-Sheing. Les habitants de Saint-Jean-de-Luz, comme la municipalité, déjà sous pression à cause de cette période troublée, s'émeuvent et s'alarment à la fois. Un tueur rôderait-il dans nos rues ? Si cela s'avérait, doit-on craindre quelqu'un du cru ou quelqu'un d'ailleurs ? Car là est la principale inquiétude. La crise sanitaire a ravivé les peurs anciennes de l'étranger, de l'intrus, de celui qui – venant de l'extérieur – pourrait apporter la maladie chez nous ! Depuis le début du confinement et tout au long de ces quatre dernières semaines, l'arrivée en catimini, souvent de nuit, par les petites routes de campagne, de résidents secondaires ou de locataires occasionnels venus se mettre au vert dans la cité n'est pas sans mettre la population en colère. Les buralistes eux-mêmes témoignent de la hausse des ventes de vignettes estampillées du drapeau ou de la croix basque, et portant le numéro 64 à apposer sur les plaques d'immatriculation. Même si la vente de tels produits est autorisée, il est à rappeler que « maquiller » la plaque de sa voiture est un délit sanctionné par une forte amende.

L'enquête ne fait que commencer.

Le Dr Berthelot, bien connu des Luziens, est chargé d'autopsier la jeune femme afin de définir les causes de la mort. Les analyses sont en cours et la police se montre peu loquace pour l'instant. Nous devrions en savoir plus d'ici quelques jours. De toute façon, si le corps a été déposé dans ce container, celui qui l'y a abandonné est soit le meurtrier (homicide involontaire ou volontaire), soit celui qui a découvert le corps de la victime et qui, au lieu d'appeler les secours, s'en est débarrassé de cette inacceptable façon…

Extrait d'un journal local

21

Monsieur Paul avait été diagnostiqué positif au Covid-19.

Malgré l'attention qu'il portait à la santé de son protégé et la prévenance de ses gestes quotidiens, le vieil homme avait développé des symptômes avec une telle rapidité qu'Antoine Daubas n'avait pas été en mesure de le voir venir.

Pas de fièvre, ni de toux. Pas même d'anosmie ou d'agueusie, censées être les premiers signes de la maladie.

« Quelle malédiction ! Quelle iniquité ! », s'insurgeait-il.

On avait trompé sa vigilance pourtant accrue.

Dans un premier temps, Monsieur Paul avait été fatigué, plus qu'à son habitude. Puis, il avait présenté toutes les caractéristiques d'un dérèglement intestinal, comme cela lui arrivait parfois. Des maux de ventre et des diarrhées qui l'avaient rendu plus faible qu'il ne l'était déjà, si faible que son médecin traitant avait demandé son hospitalisation.

Comme expliquer cela ?

Monsieur Paul recevait peu. En dehors de l'aide-ménagère, du personnel communal lui déposant les repas, du facteur, du kinésithérapeute et d'Antoine Daubas lui-même, le nombre de ses relations journalières se comptait sur les doigts d'une main. Un infirmier passait lui aussi régulièrement…

Quelle injustice, tout de même !

Ils avaient pourtant tous appliqué le protocole sanitaire à la lettre : laver régulièrement leurs mains au gel hydroalcoolique, porter un masque chirurgical en veillant à le changer régulièrement, respecter les distanciations physiques de rigueur et appliquer l'ensemble des gestes barrières. Comment cela avait-il pu arriver ? Qui avait laissé entrer le virus dans la chambre de Monsieur Paul ?

Aucune des personnes qui veillaient sur lui ne pouvait être coupable de malveillance. La virulence de cette maladie avait eu raison de la sphère de protection dans laquelle cette équipe pluridisciplinaire s'évertuait à le maintenir chaque jour.

Les coupables étaient ailleurs.

À traîner dans les rues sans autorisation…

À tromper les autorités en affectant la nécessité d'être là, à l'air libre, alors qu'ils n'en avaient pas le droit.

À le narguer lui, Antoine Daubas, que la mise en péril de Monsieur Paul rendait plus vindicatif qu'il ne l'avait jamais été auparavant.

Les journaux télévisés avaient fait de cette nouvelle information leur refrain quotidien : les scientifiques avaient décelé l'existence de super-contaminateurs. Ainsi donc, certains individus (des jeunes, surtout, mais pas qu'eux) étaient-ils immunisés contre la maladie qu'ils transmettaient à tout-va, sans même le savoir. L'appellation trop flatteuse – super-contaminateurs, comme super-héros – qui désignait cette nouvelle engeance définissait des individus dotés du pouvoir d'infecter immanquablement chaque personne qu'ils croisaient, sans jamais présenter eux-mêmes le moindre symptôme.

« Comment les démarquer », s'interrogeait Antoine Daubas.

L'élimination du virus ne passait-elle pas par la destruction des souches virales et de leurs vecteurs de prédilection ? Jeune ou pas jeune, toute personne errant dans la ville sans autorisation valable devait être considérée comme suspecte.

Les services de police étaient débordés.

Leur donner un petit coup de pouce serait un acte citoyen.

Antoine Daubas devait bien ça à Monsieur Paul.

Cependant, comme il en avait déjà pris l'habitude, il agirait selon ses propres règles.

22

Le professeur Iorik Zuhaitz terminait son intervention dans un salon virtuel de l'université de Berkeley, en Californie. Les étudiants, installés dans l'amphithéâtre bondé où il apparaissait sur grand écran, ou connectés à son cours partout ailleurs à travers le monde via l'interface de leur ordinateur, buvaient littéralement ses paroles. Certains prenaient force notes, d'autres préféraient se délectaient de ses paroles en enregistrant directement sa prestation sur le disque dur de leur machine.

« Depuis la nuit des temps, l'homme jalouse le pouvoir des Dieux. Mais ne pouvant réellement y prétendre, le ressentiment le pousse à asseoir sa domination sur les autres créatures pour prouver qu'il est en capacité d'être leur égal.

» Tout cela n'est cependant qu'un leurre, un mensonge derrière lequel il cache sa cruauté. Car bien que représentant d'une espèce dominante, l'homme n'est pas Dieu.

» Dans les temps anciens, Zeus, lui-même, s'interrogeait sur le devenir de ces pitoyables et mesquines créatures. Façonnées par Prométhée qui les trouvait alors si parfaites, il leur refusa son souffle divin tant il mesura leur indignité et leur propension à l'abjection. Ce rejet, vous le savez, poussera Prométhée à voler le feu sacré aux souverains de l'Olympe pour l'offrir aux hommes; la trahison vaudra au Titan son bannissement dans le Désert des Tartares et la damnation éternelle: celle d'être enchaîné sur une montagne et de voir chaque jour son foie (qui se régénère toutes les nuits) dévoré par un aigle.

» Si Prométhée est puni pour un tel acte, les hommes eux, à quoi sont-ils condamnés?

» La Religion – les religions, devrais-je dire – joue sur cette notion de malédiction pour tenter de maintenir l'humanité dans son rôle fonctionnel, mais l'homme se veut plus grand que cela et rêve de s'affranchir des chaînes que lui imposent sa condition et les dogmes qui l'assujettissent. Il a appris au fil des siècles que seule la Connaissance ouvre la voie de la liberté et octroie le pouvoir.

» En ces temps perturbés, des tensions se créent et remettent l'illusoire équilibre du monde en question.

» Ce virus qui nous met à mal sollicite deux entités entre lesquelles l'humanité se voit tiraillée : la Science et la Foi.

» Laquelle des deux nous apportera-t-elle le salut ?

» La première est la concrétion de nos connaissances ; la seconde, une exploration de notre âme et du tissu de nos émotions. Mais Religion et Science ne peuvent coexister : car chacune relève d'une condition exclusive et ne peut s'épanouir qu'en l'absence de l'autre. Et pourtant, chacune à sa façon s'inscrit dans une dimension supra-naturelle proche du Merveilleux. Aussi pour subsister, Science et Religion doivent-elles s'ingénier à contrecarrer les principes de l'autre... La pandémie se répand et pour l'heure, la science se montre incapable d'y opposer un remède efficace. Normal, me direz-vous, elle a besoin de temps ! De cet espoir déçu, du moins non atteint aussi rapidement que nous le souhaiterions, naissent les intégrismes, les extrémistes de tout bord, la superstition, la bigoterie, le fanatisme que nourrissent la méfiance et la peur. La face cachée de l'âme humaine, son côté sombre, monte en puissance portée par des prédicateurs dont les arguments et l'éloquence envoûtent, soumettent et endoctrinent. Et ces nouveaux convertis s'embrigadent dans des actions spectaculaires pour frapper et alerter l'opinion sur les travers de cette Science impuissante et sur ceux qui la servent, ces apprentis sorciers qui ont provoqué la colère du ciel.

» Aussi, ce virus ne serait-il pas une manière de mettre l'homme en garde, de l'affaiblir pour le rendre plus humble ? Qu'il cesse de vouloir égaler Dieu, qu'il s'enlève de la tête son désir de le supplanter…

» Tant que la Science n'aura pas répondu à la question : « Qu'y a-t-il après la mort ? », les religions perdureront.

» Le Néant et le Vide qu'elle nous promet n'ont ni la forme, ni la couleur, ni la dimension de la Mort telle que nous l'envisageons. Notre esprit formaté par des siècles de concepts philosophiques et de percepts, véhiculés par nos croyances populaires, est dans l'incapacité de concevoir et donc d'accepter sa propre fin.

» Pour qu'il intègre une croyance, l'homme doit en être le centre et doit pouvoir se projeter au-delà d'une fin naturelle qui l'inscrit dans une dimension extraordinaire et loue son exceptionnelle capacité à s'adapter, celle qui lui permet de s'ajuster à une réalité différente de celle à laquelle il s'est habitué ; celle qui lui permet en somme de normaliser l'anormal.

» Vous n'êtes pas sans savoir que toute crise a ses profiteurs. En cette période bafouée, le complotisme est un mal endémique.

» Science et Religion ne peuvent subsister dans un même temps, ai-je affirmé. Ce n'est pas tout à fait la vérité. L'une comme l'autre se concurrencent ; aux découvertes de l'une s'opposent directement, immanquablement, les principes de l'autre. Quand l'une dit : « C'est une preuve de l'existence de Dieu ! », l'autre lui oppose une imparable démonstration – et réciproquement.

» Depuis qu'il a pris conscience de sa supériorité sur les autres espèces et du pouvoir qu'il pouvait exercer sur son environnement et sur la Nature en général, l'homme se rêve à la place de Dieu. La technologie dont il s'est doté travaille à la création de l'homme posthumain, susceptible d'être l'idéal de Dieu, voire de le supplanter.

» Cette pandémie est à la fois une calamité et une chance pour notre espèce. L'humanité unifiée par une même expérience, dans un combat unitaire contre un ennemi commun, laisse du répit à la planète et la nature qui reprend ses droits… Plus personne pour se bousculer dans les métros des grandes métropoles mondiales, plus personne pour s'entasser dans les salles de spectacles, les supermarchés, les embouteillages, les ascenseurs… Au cœur de cette expérience unique, habitant d'une planète confinée, à l'activité réduite, une planète au ralenti, je vous invite à réfléchir sur la question suivante : *Le vrai destin de l'homme est-il de devenir Dieu ?*

» Tel sera le thème de notre prochain débat. »

23

« Alors, tu l'as rappelé ? demanda Ahmad à Mahia, à peine eut-elle franchi le hall du commissariat.

— Tu parles de mon nouvel ami, je suppose ? Eh bien, non, je ne l'ai pas fait. Et avant que tu me demandes pourquoi, sache que j'attends d'avoir de nouveaux éléments. Salut Moussha ! Lucie n'est pas là ?

— Menard l'a embarquée. On positionne un contrôle à la sortie de l'autoroute…

— Comme d'habitude, intervint-elle.

— … et on a envoyé des patrouilles faire le tour des spots de surf : Erromardie, Parlementia, Mahiarco, Lafitenia... Y'avait des gars à l'eau ce matin, aux Flots Bleus, vers 7h. Un *swell* parfait pour la glisse. Même si la distanciation est respectée dans ce type de sport, la réglementation est la même pour tout le monde. Barnetche a dit : « Alignez-moi ces cons qui se croient tout permis ! »

— Je comprends leur frustration, mais ils ne sont pas très malins. Du nouveau concernant notre affaire ?

— Comme tu l'as suggéré, commença Ahmad, j'ai sollicité les banques. Il me manque les bandes-vidéo des distributeurs de deux agences. D'après ce que j'ai visionné jusque-là, rien de très flagrant. Peu de véhicules sur la plage horaire qui nous intéresse. Et j'ai étendu mes recherches à la fourchette allant de 19h30 à 23h00. Au cas où. Mais j'ai pas grand espoir…

— Lucie a relevé les empreintes sur les clous et a réussi à reconstituer ce qu'elle suppose être celle d'un pouce, expliqua Moussha. Elle est même quasi certaine que c'est le pouce gauche. Comment elle le sait ? C'est un mystère. C'est elle la spécialiste.

— On aurait donc un gaucher avec une camionnette ? s'enthousiasma Ahmad. C'est un bon début ! Et si on demandait aux gars qui sont sur le barrage d'arrêter tous les gauchers qui conduisent des vans ?

— À cette heure-ci, le coupa Mahia, ils sont sans doute à l'eau à enchaîner des *buttom cut*, des *rollers* et des *floaters*; à moins qu'ils ne fassent des *tubes*? »

Les deux hommes s'entre-regardèrent en haussant les sourcils.

« Je plaisante, les mecs! Juste une petite blagounette pour souligner qu'on n'a rien! Et que je suis désespérée! Allez, un café et j'appelle Berthelot.

— J'envoie l'empreinte dans le FAED[10], on ne sait jamais, lança Moussha en rejoignant son bureau.

— Et moi, je continue à visionner mes passionnantes vidéos, dit Ahmad. Mais il faudra de toute façon que tu te résolves à parler au Professeur. C'est lui qui t'a mise sur cette piste…

— Ne t'inquiète pas, je le ferai. Mais à ma manière. En temps et en heure. »

La matinée fila à une vitesse folle, sans qu'elle n'ait eu le temps de joindre Berthelot. De l'administratif en retard, des mails à gérer, des bulletins de service à retoquer… Et les heures s'étaient écoulées.

C'est finalement Berthelot qui appela Lenh-Sheing à l'heure du déjeuner.

---

10. Fichier Automatisé des Empreintes Digitales.

« Commandant, ce fut un petit peu triste de mener cette autopsie sans vous avoir à mes côtés. Vos commentaires m'ont affreusement manqué…

— C'est ironique, bien sûr.

— Pas du tout ! Grâce à votre franc-parler, à votre regard de profane (n'y voyez rien d'insultant), vous avez l'art de soulever des questions qu'un praticien n'aurait peut-être pas envisagées. Votre candeur, votre naïveté ont quelque chose de rafraîchissant, de presque guilleret.

— Je vous ai manqué, docteur. Ça me ravit. Mademoiselle Straub vous a-t-elle fait des révélations ?

— Pour tout dire, oui. Voilà pourquoi je vous appelle.

— Je suis tout ouïe.

— Comme vous l'aviez supposé, la victime a été percutée par un véhicule qui l'a projetée en arrière. C'est difficile à expliquer par téléphone ; avec un schéma, c'est tellement plus facile. Straub courait, le véhicule est arrivé à grande vitesse par-derrière, l'a percutée ; le corps a été projeté en l'air et a rebondi sur le toit du véhicule avant de venir s'écraser tête la première…

— Si je comprends bien, le conducteur n'a eu qu'à sortir de la voiture, ouvrir son coffre et y jeter le corps.

— C'est cela. Sauf pour la voiture. Il semblerait que la calandre soit plus haute que celle d'un véhicule normal…

— Une camionnette ? Un van ? Un 4x4 ?

— Ça, c'est à vous de me le dire.

— On avait déjà envisagé cette option. Vous la confirmez. C'est un bon point pour nous.

— Les abrasions sur la peau, les lésions sous l'épiderme et les fractures que j'ai pu relever (vous lirez tout cela dans mon rapport) devraient vous permettre de déterminer le véhicule. Comme on l'a supposé, elle n'était pas morte quand on l'a fourrée dans le container. La blessure à la tête, un traumatisme crânien bien plus important qu'il n'en paraissait, l'a plongée dans une profonde inconscience. Peut-être aurait-on pu la sauver si les secours avaient été appelés.

— Quelle horreur !

— N'est-ce pas ? J'ai fait quelques prélèvements sur ses vêtements. Un léger parfum d'assouplissant s'en dégageait encore, malgré une nuit passée dans les ordures. Si sa tenue était propre comme je le suppose, elle ne devrait être imbibée que de sa sueur. S'il y a présence d'un autre ADN, on pourra alors penser qu'il appartient à son meurtrier. Je vous invite à faire prélever les deux employés municipaux pour les éliminer de votre liste, si ce n'est déjà fait.

— Je vais demander à mes hommes de fouiller la vie de Paula Straub. Il ne faudrait pas que son amant l'ait embrassée avant son footing, ça fausserait nos investigations.

— Je n'aurai pas ces résultats avant deux ou trois jours. Non pas à cause de la surcharge de travail qu'impose le Covid-19 mais parce qu'avec la meilleure volonté du monde, ce sont des procédures qui prennent du temps. En attendant, je vous envoie mes notes préliminaires.

— Au fait, j'y pense, si elle a rebondi comme vous l'avez dit, le véhicule que l'on recherche a-t-il peut-être le toit légèrement enfoncé à cause du choc ?

— J'espère qu'il n'était pas pourvu d'une galerie ou de barres de toit… Mais, j'y pense, c'est idiot ce que je dis ! Comment, sinon, Mademoiselle Straub aurait-elle pu avoir ce transfert dont je ne vous ai pas parlé ?

— Quel transfert ?

— Elle avait de la peinture blanche sous un ongle. De celle dont on se sert en carrosserie. Les analyses sont en cours, elles aussi. Je vous tiens au courant dès que j'en ai plus. Bonne chasse, commandant Lenh-Sheing. »

QUATRIÈME MOUVEMENT

« Aux poignées suspendues du métro
Les zombies du mois d'avril
Accrochent leurs mains. »

Hoshinaga Fumio

Wuhan,
Province du Hubei, Chine
Octobre 2019 – Avril 2020

Depuis le 16 mars dernier, l'idée que le virus ait été fabriqué avec de l'ADN du VIH puis volontairement lâché dans la nature tourne sur les réseaux sociaux. L'intervention du Pr Luc Montagner, virologue et Prix Nobel 2008, attestant qu'un tel virus ne peut être que le résultat de manipulations faites en laboratoire, alimente les théories véhiculées depuis le début de la crise sanitaire et la mise au ralenti de la planète. À l'heure actuelle, 4,4 milliards d'êtres humains, soit près de 57% de la population mondiale, sont confinés. Une situation inédite dans l'histoire de l'humanité qui ne manque pas de poser question et de générer certaines angoisses.

Ces théories dont se repaissent les médias du monde entier en pointant du doigt les autorités chinoises à qui on reproche d'avoir maquillé les chiffres et ainsi empêché l'OMS de réagir comme il aurait fallu, font le bonheur des conspirationnistes de tout bord.

Pour sa part, le secrétaire d'État américain, Max Pompeo, affirme qu'il détient la preuve formelle que la Chine a produit et sciemment diffusé le coronavirus.

S'il existe en effet trace d'un rapport rédigé, il y a deux ans, par l'Ambassade américaine de Wuhan qui dénonce d'importantes failles de sécurité au sein du WIH[11], le laboratoire d'épidémiologie implanté dans le district de Jiangxia de la mégapole chinoise, l'utilisation de l'adverbe « sciemment » semble quelque peu abusif.

L'idée du virus conçu en laboratoire n'est pas recevable pour la majorité des experts médicaux de renommée mondiale : le SARS-CoV-2, plus communément appelé Covid-19, ne porte pas les marques d'une telle manipulation.

Dans un communiqué, l'Institut Pasteur le confirme : « *Les analyses prouvent qu'il [le virus] n'est pas le produit d'une construction en labo-*

11. Wuhan Institute of Virology qui conserve également des agents pathogènes à haut risque.

ratoire ou d'un virus délibérément manipulé. Si c'était le cas, les adjonctions seraient visibles, un peu comme si l'on comparait la créature de Frankenstein et un individu lambda. »

Ce à quoi certains opposent qu'aujourd'hui l'évolution des techniques en chirurgie esthétique étant considérable, un travail d'orfèvre peut en abuser plus d'un.

Alors que d'autres enfin soulèvent la question suivante dont la pertinence interpelle : « Et si le patient zéro dont la Chine se targue d'avoir retrouvé la trace était tout simplement un employé du WIH ? »

Depuis plusieurs années, la souche naturelle du coronavirus qui nous occupe fait en effet l'objet d'une étude menée au sein dudit WIH, par le Pr Shi Zhengli, une étude qui concerne sa transmission à l'homme via la chauve-souris. Un échange de mails par intranet avec d'autres spécialistes chinois, dont Botao Xiao (professeur au laboratoire de médecine et de biologie synthétique de la South China University of Technology à Guangzhou) et Lei Xiao (travaillant dans un hôpital universitaire de Wuhan) aurait révélé la véritable origine du virus, lequel aurait effectivement fuité du WIH, situé à proximité du marché désigné comme l'épicentre de la pandémie mondiale. Mais, bizarrement, ces communiqués ont été malheureusement effacés (par mégarde ?) et nul n'est capable de les produire.

D'autres voix s'élèvent cependant pour désigner les Jeux Militaires de Wuhan, organisés du 18 au 27 octobre 2019, comme le premier foyer de la maladie. Dans ce contexte-là, elle pourrait donc avoir été importée en Chine. Près de 10 000 sportifs venus du monde entier s'y sont rendus et certains d'entre eux affirment avoir été frappés d'une très grosse fatigue et de symptômes grippaux à leur retour chez eux…

D'autres maintiennent la thèse de l'essaimage et désignent le Nouvel An chinois[12] comme la date réelle de la propagation mondiale parce qu'il est le point de départ de la plus importante des transhumances humaines mondiales (les Chinois étant à la fois la population la plus importante du globe et la plus implantée à travers le monde), et qu'il implique à cette période de l'année un chassé-croisé de plus de cinq millions de personnes et, par là même, un incroyable brassage de populations.

---

12. Le 25 janvier 2020.

Qu'en penser ?

Malgré tous ses démentis, la Chine semble de toute façon n'avoir pas joué franc-jeu dans cette affaire.

24

C'était assurément le point de vue le plus incroyable qu'on puisse avoir sur la ville. Antoine Daubas ne s'en lassait pas. À chaque fois que son emploi du temps le lui permettait, il faisait un détour et s'y arrêtait, quelle que soit l'heure du jour ou de la nuit. Il garait son van sur le petit parking près de l'hôtel La Réserve, puis descendait à pied le chemin du littoral qui longeait la falaise. Surplombant la mer, il goûtait les embruns, le vent venu du large et se berçait du rythme du ressac. Il retenait presque son souffle en martelant le sentier de son pas décidé jusqu'au moment de déboucher au sommet de la colline Sainte-Barbe où, dans un réflexe pavlovien, il inspirait de toute sa cage thoracique, une grande respiration semblable à celle – vitale – que l'on prend quand on est resté trop longtemps sous l'eau. En agissant de la sorte, peut-être espérait-il, de manière inconsciente, inhaler le panorama tout entier, le faire sien en en absorbant les particules invisibles pour l'assimiler comme on le ferait de nutriments, et l'inscrire en soi sur les allèles de son génome. Il avait bien, en d'autres temps, assimilé ce jumeau pour s'offrir toute la place dans l'utérus de sa mère…

De là où il aimait se tenir, durant les quelques minutes de répit qu'il s'octroyait au cours de ses longues journées de travail, il pouvait embrasser d'un seul regard l'immensité de l'océan et la baie de Saint-Jean-de-Luz que protégeait son enfilable de digues sur l'une desquelles se dressait le Fort de Socoa. Une vision à laquelle s'imbriquaient aussi, dans une parfaite harmonie, l'extrémité de la chaîne des Pyrénées avec la Rhune et le Jaizkibel en arrière-plan, ainsi que la pointe de l'Espagne.

Juché sur cette colline, il se sentait vivant. Il y venait pour regonfler son moral, fouetter ses énergies et retrouver la paix. Mais les sensations que lui procurait un tel plaisir s'étaient quelque peu modifiées ces dernières semaines.

L'humilité l'avait jusque-là submergé. Face à la houle, il s'était parfois senti si petit, tel un point au milieu du tableau, la minuscule partie intégrante d'un tout sans singularité.

Mais la donne avait changé…

En participant à la désertification de cette ville qui était la sienne et qu'il aimait tant, le confinement avait changé cela et lui avait ouvert les yeux…

Antoine Daubas était devenu un autre homme.

Plus fort, plus grand, plus grandiose.

Cette étrange impression de fin du monde offrait à ses aspirations un décor surréaliste dans lequel il se posait en survivant, comme Will Smith dans ce film qu'il avait tant aimé. Et dans lequel il avait une mission de protecteur bien plus affirmée car définie et justifiée par l'urgence de survivre à cette pandémie mondiale.

Il était désormais le garant de la sécurité et de la santé de ceux qu'il assistait.

La mise en péril de Monsieur Paul avait d'abord fait vaciller ses naissantes certitudes avant de les conforter et les ancrer avec plus de force en lui. Oui ! Antoine Daubas était un homme nouveau – plus fort, plus grand, plus grandiose. En ce sens, il ne pouvait manquer à son devoir.

Aussi, ce soir-là, quand perdu dans la contemplation des scintillements de la baie tressée de nuit et d'éclairage public, le chant des vagues fut-il soudain troublé par les rires incongrus d'un couple en approche – un couple qui n'avait pas sa place dans son décor et qui aurait, comme tout un chacun, dû appliquer le couvre-feu –, son moment de grâce se mua-t-il en une irrépressible fureur que seule la mise en actes lui permit d'apaiser.

25

Comme partout en France, l'accès à la plage avait été fermé au public dès le début du confinement. Il en était de même pour la promenade Jacques Thibaud, qui s'étendait jusqu'à la Pergola, à laquelle faisaient suite la promenade de la plage, puis celle des rochers qui s'arrêtait au pied de la colline de Sainte-Barbe. Cela n'empêchait pas certains réfractaires de braver les interdits pour s'y retrouver.

Les agents de la Police Municipale le savaient bien et commençaient toujours leur ronde matinale par la tournée des endroits jugés stratégiques afin de faire main basse sur les contrevenants. La digue de l'entrée du port faisait partie de ces lieux où ils trouvaient régulièrement du monde – des jeunes, surtout. Le soleil radieux et la température qui était montée jusqu'à 30° avaient rendu ces derniers jours particulièrement frustrants. Certains ne s'étaient pas gênés pour se baigner, en témoignaient les photos que les fraudeurs n'avaient pas hésité à poster sur la toile pour narguer le reste du monde.

Mais ce matin-là, c'est le banc situé près de la chapelle en haut de Sainte-Barbe qui retint leur attention.

Avant d'aller battre le pavé, les agents avaient recours aux webcams de la ville. Celles-ci, plus destinés aux touristes et aux surfeurs qu'à la surveillance du citoyen, balayaient la baie dans un lent panoramique qui s'étendait de l'entrée du port jusqu'à la colline opposée.

Le ciel était d'un bleu magnifique, la mer étale et la plage déserte… Une véritable carte postale. Cependant, sur le banc devenu leur point de mire, deux personnes étaient assises et semblaient profiter de la vue en se moquant de la réglementation en vigueur. Il n'était nullement question qu'on les laissât agir de la sorte, en toute impunité.

Après avoir averti la Police Nationale afin d'obtenir des renforts, il fut convenu de prendre les coupables en tenaille en envoyant une équipe en bas de la colline et une autre, en haut, par le sentier du littoral. Arrivées sur le parking des Flots Bleus, le couple n'avait pas bougé; la voiture monogrammée de la police avait pourtant les atours d'une menace.

À peine les portes claquées, les agents commencèrent l'ascension. La pente était abrupte, à couper le souffle pour qui manquait d'entraînement. Aussi, le binôme parti d'en haut arriva-t-il en premier sur site.

Le couple n'avait effectivement pas bougé, et pour cause.

Chacun d'entre eux portait un sac plastique sur la tête, le regard figé sur la baie à jamais.

*

Iorik Zuhaitz n'avait rien manqué de ce qui se jouait…

La longue-vue d'une extrême précision lui permit de noter certaines choses. Et, notamment que, contrairement à la scène de crime précédente, celle-ci n'était probablement pas une scène de dépôt mais bien le lieu de la mise à mort.

« DEUX D'UN COUP, À MOINS DE CINQ JOURS DE SA VICTIME PRÉCÉDENTE. NOTRE TUEUR ACCÉLÈRE. », envoya-t-il au commandant Lenh-Sheing.

Après réflexion, il se fendit d'un second SMS :

« Il faut l'arrêter avant que les autorités n'annoncent la date de sortie du confinement. »

Depuis la découverte du premier corps, au pied de sa résidence, qui concordait avec sa visite surprise, Mahia Lenh-Sheing n'avait plus donné de nouvelles. Ce silence torturait le Professeur, l'empêchait de penser à autre chose et de s'investir aussi pleinement qu'il en avait l'habitude dans les activités qui occupaient ses journées.

Il fallait se rendre à l'évidence : Iorik Zuhaitz se morfondait – ce qui ne lui arrivait jamais.

26

Alors que le Pays basque et la France tout entière s'éveillaient au son des bulletins d'informations dissertant sur la pénurie de masques chirurgicaux ou sur les effets bénéfiques (ou pas) de l'hydroxychloroquine tout en égrenant le nombre des victimes de la pandémie de Covid-19, la Police de Saint-Jean-de-Luz était à pied d'œuvre sur la colline de Sainte-Barbe. Interdite au public depuis le début du confinement, elle avait été préservée de toute activité humaine ; en temps normal, de nuit notamment, l'endroit restait prisé des rencontres d'un soir et des petits trafics. Grâce aux interdictions d'accès, les lieux étaient donc quasiment vierges de toutes intrusions, excepté celle qui avait laissé, assis côte à côte sur un banc, deux cadavres qu'on aurait dits, vus de loin, en pleine contemplation de la baie.

Le bleu du ciel, le vent léger, le bruit du ressac et les cris des goélands donnaient à la scène un caractère bucolique et printanier aux antipodes que ce qui se jouait. L'image aurait pu être celle d'un film romantique…

À son grand désespoir, Mahia rejoignit son équipe alors qu'elle commençait à remballer. Carole ayant un conseil des maîtres en visioconférence pour harmoniser leurs pratiques dans l'élan national de la continuité pédagogique, elle avait dû déposer Xan à l'arrêt de bus et attendre. Depuis quelques jours, L'IME situé à Biarritz ré-assurait l'accueil de ses pensionnaires et la rotation du minibus avait repris. Malgré des horaires validés par une note à destination des parents, l'heure d'arrivée de la navette comme celle de départ n'était jamais la même et c'en était rageant. Car l'attente n'était pas le fort du petit garçon : la moindre variation de son emploi du temps impactant son humeur, il ne pouvait concevoir la notion de trafic routier. Il s'était donc engouffré dans le Toyota ProAce sans embrasser sa mère et en scandant des « Ta gueule » à destination de tous ceux qui croisaient son regard. De ce fait, Mahia était elle aussi d'humeur chatouilleuse quand elle arriva sur site.

Les membres de l'équipe scientifique la saluèrent en lui annonçant qu'ils avaient bientôt terminé alors que le Dr Berthelot entouré de Moussha, Ahmad et Lucie l'attendait en fumant sa pipe.

« Vous avez l'air bien maussade, ce matin, la salua-t-il.

— N'en rajoutez pas, s'il vous plaît ! Xan a fait des siennes…

— S'il n'y avait que lui, commenta Lucie. Ménard a revendiqué la scène de crime, au nom de son ancienneté.

— Et… ? éructa Mahia.

— Il a fallu que Barnetche intervienne, poursuivit Lucie. Ahmad et Moussha ont d'abord fait valoir le fait que les meurtres de ce matin étaient liés à celui de la joggeuse, mais il n'a rien voulu entendre…

— Et il est où en ce moment ?

— Aucune idée, le commissaire a fait diversion en lui confiant une mission de la plus haute importance, paraît-il, intervint Moussha.

— En attendant, commenta Ahmad, on l'a pas dans les pattes. »

Avec Ménard, Mahia avait compris ce que pouvaient ressentir les criminels occasionnels, ceux qui tuent sans intention, transportés par la colère subite, dans un geste malheureux, incontrôlé et incontrôlable. Ce type avait le don de vous faire péter les plombs en appuyant là où ça faisait le plus mal. Mais il ne faisait que du vent ; un parfait incompétent que servait une mauvaise foi patentée. Ménard partait du principe qu'à l'âge qu'il avait certains privilèges devaient lui être acquis et que ses années dans la police lui octroyaient un certain savoir, d'où son incapacité à réviser ses jugements, à se remettre en question ou à travailler en équipe. Malgré tout, certains le plaignaient : on ne pouvait agir de la sorte sans être profondément malheureux ou psychologiquement fragile. Mahia, elle, ne l'imaginait ni atteint d'une quelconque maladie psychique, ni affublé d'une noire tristesse, et ne lui trouvait aucune excuse. C'était un réactionnaire par excellence, fermé à tout sauf à ses propres doctrines, l'archétype même du connard – et ça rimait d'ailleurs –, le genre de bonhomme qu'on pouvait dézinguer sans remords si on était sûr de ne pas se faire choper.

« Je vous présente Carla Meyer et Sylvain Pardo, respectivement naturopathe et professeur de maths, reprit Berthelot en lui tentant sa tablette sur l'écran de laquelle étaient affichées les photos des deux victimes, extraites de leur compte Facebook. En couple depuis peu après avoir l'un et l'autre quitté leurs conjoints respectifs. Ils ont été préalablement étranglés avec une fine cordelette passée en 8 autour de leurs deux cous pour procéder à une asphyxie concomitante. L'agresseur est arrivé par-derrière (probablement venu par le sentier du littoral) et les a surpris, assis sur ce banc. Je pense qu'il devait les surveiller. Une fois qu'il s'est assuré de leur mort, il a passé un sac plastique sur chacune de leur tête et l'a scotché. Lucie y a prélevé des empreintes…

— Ils n'ont pas été asphyxiés avec le sac ? demanda Mahia.

— La présence d'air à l'intérieur des sacs prouve qu'ils n'ont qu'une fonction décorative.

— Notre type a un sens de la mise en scène », commenta Moussha.

Le téléphone de Berthelot émit les premières notes d'un standard des Rolling Stones. Il s'éloigna du groupe pour répondre.

« Et part ça ?

— A part ça, on n'a rien, s'énerva Ahmad. La webcam qui balaie la baie diffuse en live et ne procède à aucun enregistrement. Elle n'a d'ailleurs pas un zoom suffisamment puissant pour distinguer les visages…

— Vous croyez que c'est le même tueur que celui de Paula Straub ? s'enquit Lucie.

— Les mêmes tueurs ! s'exclama le légiste en rejoignant le cercle. Le labo vient de me confirmer la présence de deux ADN distincts sur les vêtements de la première victime, ce qui impliquerait que la jeune femme ait été embarquée par deux personnes. Je dois les rappeler pour plus de précision. Je leur ai demandé de les soumettre au FNAEG[13], on ne sait jamais…

— C'est mort ! s'exclama Lucie. D'après les relevés que j'ai pu faire, les agresseurs (puisqu'ils sont deux !) n'ont pas l'air de vraiment prendre de précaution. Ils doivent savoir qu'ils ne sont pas fichés. »

— Comme d'habitude, reprit le médecin, on en saura plus après les autopsies. Je vous dis à plus tard, messieurs-dames, le travail m'appelle. »

Alors qu'il s'en retournait vers son véhicule de service, le téléphone de Mahia vibra dans la poche arrière de son jeans.

« Il accélère.

Délaissez votre rôle de pelleteur de nuages… »

---

13. Fichier National Automatisé des Empreintes Génétiques.

« Moussha, tu n'es pas venu avec ton drone ?

— Je reviendrai tout à l'heure pour couvrir la zone, si tu veux !

— J'aurais bien aimé savoir si la Villa Germaine possède une fenêtre avec vue…

— Le Professeur ? intervint Ahmad.

— Je suis sûre que sa longue-vue est bien plus puissante que le zoom de notre webcam…

— Et si c'était lui le tueur ? avança Lucie.

— T'inquiète, je vais faire tourner mon drone près de chez lui, la rassura Moussha.

— Comme ça, on saura enfin à quoi il ressemble », s'exclama Ahmad.

Après leur rencontre, Mahia avait été bien en peine de décrire le personnage. Si on lui avait demandé d'en énumérer les caractéristiques physiques pour qu'un portraitiste judiciaire en dessine le visage, le résultat n'aurait probablement rien donné. Elle ne gardait de l'homme qu'une image floue… Son charisme, l'impression d'une stature, l'influence d'une aura et le timbre de la voix. Quand elle tentait de le visualiser, elle ne percevait de son visage qu'un portrait brouillé où les yeux, le nez, la bouche demeuraient absents et se sentait comme ces adolescents terrifiés à qui on demande de décrire *Slenderman*. Chose qu'elle avait tenté d'expliquer à ses collègues dont la curiosité à l'égard de l'agoraphobe n'avait cessé de croître depuis qu'il avait pris contact avec elle.

« L'expression « pelleteur de nuages », ça vous parle ?

— C'est le surnom de Jean-Baptiste Adamsberg, répondit Moussha. Le personnage emblématique de Fred Vargas, l'auteur de polars dont on a parlé l'autre jour. C'est un drôle de commissaire, aux méthodes très personnelles, peu orthodoxes ; il est à la tête d'une brigade dont les membres sont aussi excentriques que lui !

— Encore Vargas ! Va vraiment falloir que je lise ! »

Le smartphone vibra une nouvelle fois dans la poche de Mahia.

« REJOIGNEZ-MOI.

MÊME ACCÈS QUE LA DERNIÈRE FOIS.

LEVEZ UN BRAS SI VOUS EN ÊTES D'ACCORD. »

« Je vous rejoins au bureau, dit Mahia. Imprimez les photos et organisez ce que nous avons de cette nouvelle scène de crime en parallèle avec la précédente. On fait un point tous ensemble à midi, ça vous va ? »

Puis elle leva les deux bras comme si elle entamait une salutation au soleil. Surpris, ses coéquipiers la dévisagèrent.

« J'ai rendez-vous. Je vous raconte tout après. »

Et elle dévala la colline sans se retourner.

Port-La Nouvelle, Pyrénées Orientales, Sud de la France – 23 Avril 2020

Même si les plages demeurent interdites d'accès, l'heure de sortie autorisée a conduit la majorité des promeneurs de Port-La Nouvelle à venir constater de leurs propres yeux la nappe gluante et bleutée qui recouvre le sable depuis quelques jours.

En effet, le week-end dernier a donné lieu au début d'une invasion de méduses sans précédent. Des centaines de milliers de ces bestioles sont venues s'échouer sur les plages du littoral et se masser dans les chenaux. Le phénomène d'ampleur considérable concerne deux espèces distinctes très répandues en Méditerranée : les *Vellela vellela* – plus communément appelées Méduses voiliers – et les *Pelagia noctiluca* – dites Pélagies.

Les premières, d'environ 4 cm de diamètre et de couleur bleue, sont des méduses de surface, évoluant en colonies de plusieurs milliers d'individus que le vent et les courants poussent vers les côtes. Elles ne sont pas particulièrement urticantes. Les secondes, par contre, pélagiques (comme leur nom l'indique), d'un joli mauve, et dont la taille varie entre 3 et 12 cm, sont redoutées pour leurs piqûres particulièrement douloureuses qui provoquent une sensation de brûlure, des démangeaisons, voire d'importantes lésions cutanées ; même si elles ne sont pas létales, elles peuvent – le cas échéant – chez les personnes allergiques, engendrer des chocs anaphylactiques.

Chaque année, en été, les plages méditerranéennes sont le théâtre de ce type d'échouages, mais il semblerait que le phénomène devienne de plus en plus fréquent. Il ne résulte pourtant pas d'une volonté migratoire. Les méduses ne nagent pas : elles sont tributaires des courants et des vents. La multiplication de leur population témoignerait, selon les spécialistes, de l'abondance de nourriture (du plancton, essentiellement) et de l'absence de prédateurs – parmi lesquels les tortues en voie de disparition à cause des sacs plastiques qu'elles confondraient justement avec les méduses (dont elles raffolent) et mourraient d'étouffement en les avalant.

La pollution de nos océans par les matières plastiques demeure un problème essentiel. Elle n'explique cependant pas à elle seule la prolifération des méduses et, plus généralement, celle des *blooms*.

Faudra-t-il – comme le font déjà les Japonais – les consommer assaisonnées d'une délicate vinaigrette ou sautées au wok pour leur trouver quelque utilité ? C'est ce qu'a préconisé l'ONU en 2013, sur la base d'une étude menée par la Food and Agriculture Organization, pour permettre de sauver les espèces maritimes victimes de l'invasion de ces animaux.

Malgré leur aspect peu ragoûtant et leur mauvaise réputation, les méduses qui occupent une place particulière dans la classification des animaux – rappelons qu'elles n'ont ni cerveau, ni organe respiratoire, ni sang – fascinent les scientifiques : une de leur représentante en particulier – la *Turritopsis nutricula* connaîtrait le secret des dieux. Mesurant 4 à 5 mm et vivant dans la mer des Caraïbes, elle peut en effet, une fois arrivée à l'âge adulte, revenir au stade de polype (qui est son stade initial de développement) ; de ce fait, en inversant le processus de vieillissement, elle aurait la capacité de se transformer à rebours, ce qui en théorie la rendrait immortelle.

Un tel pouvoir a de quoi séduire même les plus réfractaires…

27

Une cafetière fumante accompagnée de sa tasse et de son sucrier, joliment agencée sur un plateau d'argent, était posée sur la table basse faisant face au canapé en cuir mordoré. Mahia avait toujours aimé la porcelaine anglaise, cela lui rappelait les heures passées, adolescente, à lire Jane Austen et les sœurs Brontë en s'imaginant en ombrelle et robe à crinoline. Elle avait appris depuis peu que ces si imposantes tenues dans lesquelles elle s'était rêvée endossaient un usage prophylactique : en maintenant la distance entre les personnes, elles minimisaient la propagation des maladies aéroportées comme celle qui sévissait actuellement.

Le parfum du café embaumait le bureau éclaboussé de soleil sur le plafond duquel dansaient les reflets de la mer comme un ballet de méduses phosphorescentes. La chaleur que présageait ce milieu de matinée resterait dehors, tempérée par le système de climatisation.

« Bonjour, commandant Lenh-Sheing, dit le Pr Zuhaitz, en l'accueillant depuis l'autre bout de la pièce. Je vous remercie d'avoir accepté mon invitation avec une telle célérité. J'espère que je saurai me montrer plus à la hauteur que la dernière fois. J'ai manqué à tous les principes fondamentaux d'éducation et de bienséance que l'on m'a inculqués lors de votre précédente visite. Je ne voudrais pas que vous pensiez que, parce que je vis seul, je suis un indécrottable rustre. Asseyez-vous, je vous en prie. Je vous laisse vous servir. Madame Cuadrado fait un excellent café, toujours bien dosé. Elle se fournit chez les meilleurs torréfacteurs de la ville. »

Mahia se fit la réflexion que Carole faisait elle aussi du très bon café, même si ses fournisseurs habituels principalement Leclerc ou Carrefour.

Le Professeur lui fit signe de s'installer pendant qu'il se calait dans le fauteuil près des ordinateurs. Il arborait un costume trois pièces gris souris, porté avec style sur une chemise d'une blancheur immaculée que rehaussait une cravate d'un très joli mauve. Il était chaussé de Richelieus rutilantes qui devaient être faites sur-mesure et ses chaussettes étaient assorties à sa cravate.

« Je sais, la surprit-il, le bon goût aurait voulu que… Pour les puristes, c'est une erreur impardonnable que d'assortir cravate et chaussettes, mais voyez-vous, c'est une coquetterie que j'assume et dont personne n'est habituellement le témoin. Mes étudiants ne me connaissent qu'en homme-tronc, comme ceux qui m'emploient…

— Mon regard était si expressif ?

— L'attitude, les mouvements imperceptibles du visage ou les gestes réflexes du corps suffisent à dire plus que les mots qui sont souvent pervertis par la décence, la morale ou une retenue naturelle…

— Je vois.

— Votre café est-il assez chaud ?

— Il est parfait… »

Mal à l'aise, Mahia ne savait pas comment entamer cet entretien. Heureusement, son hôte ouvrit les hostilités.

« Un couple, cette fois-ci ?

— Effectivement. Étranglés avec un lien, selon le légiste, avant qu'on n'emballe leur tête dans un sac plastique. Probablement tués entre 21h30 et 1h00 du matin, comme Paula

Straub. L'autopsie devrait nous en apprendre plus.

— Il accélère encore.

— Vous croyez vraiment…

— Je voulais vous voir parce que j'ai établi le profil de votre tueur. Et parce qu'il faut absolument l'appréhender avant que ne soit amorcé le déconfinement dont l'acte un se jouera le 11 mai prochain. Il est bien plus facile de l'arrêter maintenant alors que la population est confinée et que les forces de l'ordre contrôlent les allées et venues des citoyens… D'autant qu'il prend de l'assurance. Deux victimes aujourd'hui ; en tuera-t-il trois la prochaine fois ? Envisage-t-il une tuerie de masse, à l'image de celle perpétrée au Canada ?

— Vous pensez vraiment…

— J'ai omis de vous parler des dégradations, la dernière fois. Vous m'avez pris de court et je me suis laissé submerger par mes émotions. Cela ne me ressemble pas. Il faut dire, pour ma décharge, que personne n'avait osé forcer l'accès de ma demeure depuis plus de vingt ans !

— Je suis vraiment…

— Ces dégradations (pneus crevés, carrosseries rayées, vitres brisées, rétroviseurs arrachés) ont essentiellement été perpétrées sur des véhicules immatriculés ailleurs que dans les Pyrénées-Atlantiques et sont antérieures à la série de meurtres d'animaux. L'homme que vous cherchez voue une haine féroce aux étrangers qu'il considère comme ceux qui transporteront le virus au Pays basque. C'est donc un enfant du pays ; si ce n'est pas le cas, il vit ici depuis longtemps, il est intégré à la population, peut-être même parle-t-il la langue autochtone (qu'il a apprise pour mieux s'intégrer), et il occupe un rôle, une fonction qui le rend indispensable – à ses yeux, du moins – aux gens d'ici. La mission qu'il s'est fixée – en tant que tueur – vise à préserver la population et la ville de la pandémie en supprimant tous ceux qui pourraient les mettre en péril. Les rats, les pigeons et les chats sont des animaux que les croyances populaires désignent comme vecteurs de maladie. Il sévira tant que durera la pandémie. Si, du jour au lendemain, le gouvernement décide de lever le confinement, si on annonce aux Français qu'ils peuvent reprendre leur vie comme si de rien n'était, si les autorités scientifiques nous informent que le virus a été éradiqué, notre nettoyeur disparaîtra dans la nature et on n'entendra plus jamais parler de lui.

— Comment pouvez-vous être aussi affirmatif ?

— Les signes. Il faut porter grande attention aux signes. Vos victimes ont été tuées entre 21h30 et 1h00, dites-vous. Il fait nuit à cette heure-là, n'est-ce pas ? Quel motif impérieux peut bien faire sortir des gens à cette heure indue alors que nous sommes en état d'urgence ?

— Paula Straub faisait son jogging ; quant à notre couple de ce matin, l'équipe pense qu'il fêtait quelque chose. La présence d'une bouteille de champagne et de deux flûtes semble valider cette hypothèse.

— Certes, mais dans un lieu interdit au public et à une heure jugée incongrue par notre tueur. Pour l'attraper, il faut se mettre à sa place : ce type est un psychorigide. Il a remanié les règles imposées par l'urgence sanitaire et entend qu'elles soient appliquées à la lettre : il en va de la protection de SA ville. Et je souligne le possessif. Sans doute est-il même animé par une forme de pensée magique qui l'amène à concevoir chaque meurtre comme une sorte de sacrifice permettant de sauver une vie de son cheptel. Il se déplace à sa guise, possède tous les laissez-passer ; il connaît les policiers municipaux et je suis convaincu que vos hommes l'ont déjà contrôlé. »

Zuhaitz affichait un air satisfait, voire supérieur, qui en disait long sur l'estime qu'il avait de lui-même. Il attendait une réaction de la part de Mahia qui, sidérée par son discours, ne savait ni que dire, ni que faire.

— Grands Dieux, s'exclama-t-elle. On dirait une scène *d'Esprits Criminels* quand le Dr Reid fait ses démonstrations.

— Nous avons à peu près les mêmes caractéristiques, en ce qui concerne le quotient intellectuel, la mémoire eidétique, la maîtrise des langues étrangères, une vitesse de lecture similaire – avoisinant les 20 000 mots/minute. Par contre, je n'ai pas de prédisposition génétique à la schizophrénie du côté de ma mère.

— Je ne voulais pas vous froisser.

— Vous m'avez déjà comparé à Sherlock Holmes…

— Votre argumentation d'aujourd'hui prouve que l'image était fort à propos.

— Voulez-vous que je vous appelle Watson ? En dépit de la consonnance asiatique de votre patronyme, votre profil est loin d'être comparable à celui du personnage qu'incarne Lucy Liu dans la série de référence.

— Je ne sais pas comment je dois prendre cette remarque…

— Revenons à notre tueur…

— Si vous le permettez, je vais compléter votre profil, au regard de ce que mon équipe a découvert.

— Faites…

— J'ajouterais qu'il est probablement gaucher ; les empreintes relevées sur les clous que vous nous avez fait porter ont permis à mon équipière de le supposer. En outre, il conduit une camionnette ou un van dont le toit est peut-être cabossé par le poids du corps de Paula Straub qui y a rebondi avant de s'écraser au sol.

— Voilà qui est intéressant, dit le Pr Zuhaitz en joignant ses doigts devant ses yeux qu'il ferma comme s'il méditait.

— Il faut néanmoins que je vous contredise…

— Pardon ?! paniqua-t-il en s'arrachant à l'état de satisfaction dans lequel il s'était complu jusque-là. Que vous me contredisiez ? De quel droit ?

— Les analyses du Dr Berthelot ont permis de mettre en lumière la présence de deux ADN sur le corps de Paula Straub. Il n'y aurait donc pas un tueur, mais deux ! »

28

Deux tueurs !

C'était techniquement impossible !

Son raisonnement était imparable.

Il avait méticuleusement étudié chacun des paramètres, depuis les premiers agissements jusqu'à ce double meurtre. Il avait suivi la montée en puissance de sa colère qui s'était exprimée d'abord dans les détériorations commises sur les véhicules, puis dans la mise à mort des animaux. Il avait pressenti la pensée magique dans les choix, la rigueur mathématique, la stricte observation de la suite numérique : douze rats, six pigeons, trois chats, un chien.

Tout ça répondait à une logique personnelle dont ne pouvait être capable qu'un seul individu.

Bien sûr, les couples d'assassins existaient. La littérature criminelle en compilait les exploits que de sordides émissions ressassaient en *prime time* sur certaines chaînes du câble. Une liaison fusionnelle, un amour aveugle et fou, une relation dominant-dominé... Les noms de tueurs en série s'égrenaient dans son esprit, mais le binôme ne cadrait pas avec les scènes de crime de cette affaire au sein de laquelle Iorik comptait les actes de vandalisme comme des composantes essentielles.

Il avait pesé, mesuré, analysé l'ensemble des données avant de les agencer de différentes manières, en adoptant des points de vue divergents – chronologique, systémique, heuristique – pour justement ne pas se laisser abuser par le détail négligé qui, quand se profile l'aboutissement de la déduction, fait basculer la mécanique du raisonnement dans l'inconcevable ou l'absurdité... Toutes convergeaient vers la même solution. Une solution unique, inattaquable, indémontable...

Il avait considéré tous les indices dans leur successivité, dans leur interdépendance, dans les liens tenus qui les raccrochaient les uns aux autres, et comme le lecteur avait suivi l'itinéraire tracé par les petits cailloux blancs pour retrouver le Petit Poucet et ses frères, il avait remonté le fil d'une logique mathématique que rien ne pouvait contrecarrer. Il était sûr de lui.

Cette information que lui avait lâchée le commandant Lenh-Sheing avant de le remercier pour son invitation, l'avait tout simplement fauché en plein vol.

Deux ADN donc deux tueurs au lieu d'un seul dont il était certain d'avoir cerné la psychologie et le mobile en en dressant le fidèle portrait.

Que manquait-il donc à sa démonstration pour qu'elle lui laisse à ce point un goût d'inachevé et de défaite ?

Quelle pièce du tangram avait-il délaissée ?

Il lui manquait une information essentielle.

Nécessairement.

L'erreur et l'échec ne faisaient pas partie de son vocabulaire.

29

Qu'avait dit le Professeur ?

Le tueur est un solitaire, rêvant de groupes d'amis. Il est cependant incapable de se lier durablement avec des gens. C'est un type ordinaire avec des relations de travail, des contacts de voisinage, apprécié par tous, probablement à l'origine de patrouilles citoyennes pour faire respecter la réglementation. Un ambitieux, un brin mégalo, se voyant comme un justicier. Un nettoyeur, éliminant ceux qui refusent d'appliquer la loi...

« Comment peux-tu te laisser à ce point emberlificoter ? Tu ne le connais ni d'Ève ni d'Adam ! s'était insurgée Carole quand Mahia lui avait raconté son entrevue. Il me faut des plombes pour te convaincre et, lui, il te met la tête à l'envers en un regard ! Il est baisable au moins ? »

Cette question avait mis Mahia hors d'elle. À chaque fois qu'il était question d'un représentant de la gent masculine issu de ses relations de travail, évoluant dans le cadre de ses activités de loisirs ou dans celui de ses connaissances de longue date, Carole faisait une allusion de ce type. C'était systématique et c'en était humiliant. Qu'on puisse à ce point mettre en doute l'amour qu'elle lui vouait la blessait profondément.

Mais Carole ne mettait rien en doute…

Les doutes que sa compagne éprouvait ne la concernaient pas directement.

Plus âgée qu'elle, elle sentait les années passer et l'écart se creuser ; elle redoutait intimement, presque viscéralement, de la voir se lever un jour en se demandant pourquoi elle avait fait un tel choix – s'amouracher d'une femme n'avait jamais été dans sa nature… Aux allusions qu'osait parfois faire son entourage sur sa sexualité, souvent Mahia répondait : « Je ne suis pas goudou, moi ! « . La formule – car c'en était une, puisque récurrente – ressemblait, aux yeux de Carole, à un refus d'assumer alors que Mahia aimait à expliquer qu'elle n'était pas tombée amoureuse d'une femme mais d'une personne, avant qu'elle ne découvre la notion de pansexualité. Elles vivaient ensemble depuis près de dix ans. Xan avait à peine un an quand Carole avait tout quitté pour s'installer avec Mahia qui, pour sa part, était séparée depuis quelques mois. Xan était à la fois le ciment de leur relation et le point de rupture. Aussi, Carole ne pouvait-elle s'empêcher de se demander ce qu'il adviendrait quand, dans quelques années, l'enfant devenu adulte intégrerait une structure d'accueil et quitterait peut-être la maison. Mahia aurait sans doute envie de jouir de cette liberté retrouvée. Serait-elle toujours attrayante ? Aurait-elle alors la force de la suivre ? Ferait-elle encore partie de ses envies ? Tous ces questionnements lui comprimaient parfois la poitrine, comme si une main géante lui enserrait le thorax et l'empêcher de respirer.

« Tu as un flair de flic, avait-elle renchéri pour en terminer avec les incertitudes que formait Mahia sur son enquête en cours. Sers-t'en, bon sang ! T'as toujours suivi ton instinct, il te dit quoi ?

— Je pense que Zuhaitz en connaît un rayon sur le sujet. D'après Ahmad, le FBI le sollicite pour certaines affaires…

— Mais… ?

— Mais d'après Berthelot, on a deux ADN.

— Tu sais, je ne m'inquiète pas pour rien. J'ai fait quelques recherches sur le personnage.

— Je pense qu'Ahmad m'en a déjà fait un portrait exhaustif.

— Il t'a parlé de la gouvernante ? De la façon dont la famille est décédée ? De son tuteur ?

— Ouf ! Vu ta tête, je sens que t'as du lourd.

— Ah ! Ah ! jubila Carole. J'ai probablement trouvé la pépite. Ahmad n'a donc pas fouillé les archives de la presse locale en lien avec la Villa Germaine. Ni même les archives tout court. Je pourrais peut-être intégrer ton équipe de fins limiers finalement.

— Ne fais pas languir où je t'étrangle…

— Commençons par le début. La famille Zuhaitz a été décimée dans sa maison (celle-là même qu'occupe ton professeur) une nuit de décembre 1972 par trois intrus. La police de l'époque a validé la thèse du cambriolage qui a mal tourné, mais il demeure des doutes sur le véritable mobile de cette exécution. Car c'en fut une : les parents, ainsi que les jumelles alors âgées de 4 ans, reçurent chacun une balle dans la tête tirée proprement, presque à bout touchant. Les deux fillettes étaient dans leur chambre et les parents dans le salon. Nous étions samedi soir et, très exceptionnellement, à cause du mariage de l'un d'entre eux, le personnel s'était vu accorder un congé. Seule la gouvernante, Mademoiselle Delmas était demeurée à la villa :

elle avait promis à Iorik dont elle était aussi la préceptrice de l'amener voir les illuminations de Noël sur la place Louis XIV et dans la rue Gambetta au cours de la soirée, avant que la famille ne se mette à table. Iorik était déjà, à cette époque-là, un petit garçon différent des autres : après plusieurs essais, il avait été convenu que l'école n'était pas un lieu pour lui. Terrifié par les autres et par la cour de récréation, en particulier, il passait ses journées à crier en se bouchant les oreilles quand il ne pouvait pas se réfugier sous une table, dans un cagibi ou dans un coin sombre qui lui permette de s'isoler des autres. Aussi, lorsque les trois hommes firent irruption dans la Villa Germaine, la gouvernante ne trouva-t-elle rien de mieux que de s'enfermer avec lui dans la chambre froide où la température ne dépassait pas les 4°. Ils y passèrent deux bonnes heures et survécurent grâce à la présence d'esprit de Mademoiselle Delmas qui, avant de claquer la porte, emporta les gros anoraks accrochés sur les patères dont se servait le personnel pour ranger les livraisons. »

Assises dans le canapé de leur petit salon où elles avaient l'habitude de s'installer une fois Xan couché, pour lire ou regarder des séries, Carole et Mahia s'immergeaient dans l'histoire édifiante de Iorik Zuhaitz à laquelle la lumière intimiste de la pièce conférait un côté romanesque.

« Ça expliquerait son agoraphobie : deux heures à 4° avec la trouille au ventre, ça fait un sacré traumatisme, non ?

— Je suis enseignante, pas psy, mais c'est sûr que ça doit bien secouer !

— Pauvre gosse ! s'attrista Mahia.

— Ce n'est pas tout ! susurra Carole en avalant une gorgée de sa tisane. Lors de cet événement, Iorik avait six ans. À la mort de ses parents, l'oncle de son père – un grand ponte de l'industrie pharmaceutique qui ne veut sans doute pas s'encombrer d'un mouflet – propose à la gouvernante de se charger de l'éducation et de l'instruction de l'enfant et désigne un tuteur pour gérer le patrimoine familial.

— On se croirait vraiment dans un roman anglais.

— Je savais que ça allait te plaire. Mais attend la suite. Coup du sort, alors qu'il va fêter ses douze ans et que le psychiatre qui le suit se félicite d'avoir un patient avec un potentiel aussi haut (son QI dépasse l'entendement – genre, 182 !), il disparaît pendant trois jours avec sa préceptrice. Les services de police sont alertés et des recherches sont menées dans les environs. Mais l'enquête ne donne rien. Pas de témoins, pas d'indices. Pour le personnel qui n'a rien vu, les disparus semblent n'avoir même pas quitté la maison. Alors on la fouille de fond en comble, de la cave au grenier en passant par les garages et, dans le placard de la chambre du jeune Iorik, celui agencé sous les toits où l'on range habituellement les couvertures, les édredons et les coussins, on découvre le corps de la gouvernante et, tout près d'elle, lui tenant la main, le jeune Iorik lui-même dans un état catatonique.

— Oh, putain !

— L'autopsie révèlera que Mademoiselle Delmas a succombé à une rupture d'anévrisme.

— On dirait que tu me racontes un de ces bouquins de dingues que tu gardes dans ta bibliothèque.

— Pas du tout ! Je te raconte l'histoire vraie de vrai, la biographie du monsieur chez qui tu entres par effraction…

— Objection, votre honneur ! Y'a pas d'effraction !

— En attendant, le type est peut-être un génie, mais comme je l'ai lu quelque part « le génie est souvent le pendant de la folie ».

— Et la suite ? T'as pas fini ton histoire…

— Iorik a passé quelque temps dans un hôpital, interné d'office par son psychiatre, avant de revenir vivre dans sa maison qu'il n'a plus jamais quittée. Il y a vécu les premiers temps sous la houlette de son tuteur jusqu'à ce qu'il atteigne l'âge légal de prendre des décisions lui-même. Le tuteur en question, dont je n'ai pas le nom, a su trouver le personnel en accord avec les besoins de son protégé – les époux Cuadrado qui sont toujours à son service. Depuis son retour à la maison, il n'a cessé d'étudier. C'est un expert dans bien des domaines dont ceux pour lesquels le FBI le consulte, à savoir la psychologie criminelle et le profilage des tueurs en série.

— Un tueur contre deux ADN. Y'a comme une couille dans le pâté, t'es bien d'accord ?

— Ce n'est, pour ce que j'en sais, effectivement pas compatible. »

North Brother Island, Bronx, ville de New York, États-Unis – 15 Novembre 1938

MARY MALLON
S'EST ÉTEINTE LE 11 NOVEMBRE DERNIER,
À L'ÂGE DE 69 ANS, DES SUITES D'UNE PNEUMONIE.

Une notoriété à contre-emploi

D'origine irlandaise, elle est probablement la cuisinière la plus connue de New York, non pas pour ces talents aux fourneaux mais à cause de la malédiction qui la frappât. Porteuse du bacille *Salmonella typhi*, sans en être elle-même affectée, elle fut responsable de l'infection de cinquante-et-une personnes, parmi lesquelles trois en moururent. Quelle triste histoire que celle de cette femme qui passa près de trente ans de sa vie en quarantaine.

Cuisine & Contamination

En été 1906, Mary Mallon travaille à Oyster Bay pour la famille du riche banquier Charles Henry Warren, quand la moitié des occupants de la villa tombe malade : une forte fièvre provoque des céphalées, des nausées et des diarrhées. On diagnostique alors la typhoïde. Les soupçons se portent aussitôt sur la cuisinière qui aurait servi des aliments jugés pas suffisamment cuits. Mais la vérité est ailleurs. Des recherches menées durant de longs mois par le Dr George Soper à la demande du père de famille permettent de révéler que, depuis 1900, des cas de fièvre typhoïde se sont déclarés dans toutes les riches maisons où Mary Mallon a travaillé.

Première porteuse saine découverte par la science américaine

Quand les services sanitaires la retrouvent, Mary Mallon est alors traînée de force à l'hôpital pour y subir des analyses ; bien que ne présentant aucun symptôme, la cuisinière est bien porteuse du bacille de la typhoïde. Premier exemple de porteur sain, elle devient alors un cas clinique. Pour faire cesser la contamination, les médecins lui proposent de pratiquer une ablation de sa vésicule biliaire mais elle refuse et s'enferre dans un inébranlable déni qui va faire sa notoriété. Le département de santé publique décide alors de la placer à l'isolement et l'installe, pendant près de quatre ans, au Riverside Hospital de North Brother Island, petite île au large de New York.

De retour en ville

En février 1910, cependant, le chef du département de la santé de l'État de New York, le Dr Eugene H. Porter décide de lui rendre sa liberté à condition qu'elle change de métier – ce qu'elle accepte pour échapper à l'isolement. Mais refusant de croire en sa responsabilité dans les contaminations dont on l'accuse, elle s'obstine à penser que les autorités la persécutent et fait fi de toutes les précautions qu'on lui a imposées d'observer. Prenant un pseudonyme, elle se fait à nouveau engager comme cuisinière, entre 1910 et 1915, et elle travaille notamment aux cuisines du *Sloane Hospital for Women* à New York, où on la soupçonne d'avoir infecté une vingtaine de personnes. Retrouvée par les autorités sanitaires, elle est renvoyée en quarantaine, à North Brother Island, jusqu'à la fin de sa vie.

Typhoid Mary

Celle que l'on surnomma « Typhoid Mary » aura donc passé près de trente ans à l'isolement. Son autopsie ayant révélé la présence du bacille encore actif dans sa vésicule biliaire, son corps sera incinéré et ses cendres seront enterrées au cimetière de Saint Raymond dans le Bronx.

30

Cette nuit-là, Antoine Daubas eut du mal à trouver le sommeil. Malgré l'apaisement qu'il avait éprouvé en éteignant le feu de sa colère, il vécut un long passage à vide comme ceux que l'on ressent après avoir étreint – l'espace d'un instant – le sublime d'un moment malheureusement fugace. Il subit les assauts du doute et la fébrilité s'empara de son âme. Une ritournelle de questions existentielles, rendues plus prégnantes par l'étreinte de la nuit, éreinta son cerveau dans lequel il se persuada que chacune d'entre elles y creusait un tunnel sombre et profond pour y pondre ses œufs à la manière d'un sarcopte infectant l'épiderme. Et cette étrange idée le persuada que jamais plus il ne trouverait le repos.

Était-il devenu un monstre? S'était-il incarné, par la force des choses et le poids du destin, dans ce jumeau immonde, cet être cannibale que lui avait décrit, avec un sourire feint, son jeune médecin ?

Il la portait en lui cette violence rentrée, il vivait chaque jour depuis le tout premier avec – ancré en soi – cet instinct de tueur qui n'attendait qu'un signe pour venir pavoiser au-devant de la scène !

Pouvait-il résister ? Du tréfonds de son être, sourdait un appel auquel il ne pouvait opposer résistance. Sa nature réclamait qu'on lui prête attention, qu'on lui porte assistance, qu'on la laisse exister. N'était-il pas écrit quelque part, dans les replis de ce cerveau que l'on dit reptilien, qu'avant même qu'il ne naisse il avait survécu à une mort certaine en se montrant plus fort, plus grand et plus grandiose ?

Ce virus de malheur avait été ce signe que l'être sombre en lui attendait pour surgir. Il lui avait permis de devenir lui-même. Il lui avait montré que ce physique ingrat qui l'avait desservi, cette hétérochronie qui obligeait les autres à détourner les yeux n'étaient pas un fardeau mais l'évidence même de son altérité : celle qui le distinguait du commun des mortels et qui l'intronisait comme être d'exception.

Il suppliait les dieux, récitait des mantras ; il fallait maintenant que la justice des hommes ne le rattrape pas et le laisse appliquer les indécents principes de sa propre justice. Pourrait-il conjurer alors le sort jeté sur les aînés et mieux les protéger.

De l'aide ne serait pas de trop. Madame Arlette, dont le fils était policier, lui serait d'une aide précieuse pour échapper à ceux qui ne comprendraient pas la teneur de la tâche qu'il devait accomplir.

31

Cette nuit-là, Mahia connut elle aussi les incertitudes de l'obscurité. Elle ne dormit pas. Ou très peu.

Remontant le fil des événements révélés par l'enquête et confrontant les dires du Pr Zuhaitz à ses propres convictions, elle se perdit sur des sentiers tortueux à la lisière de la conscience là où se dessinent parfois certaines vérités.

L'idée la cueillit au milieu d'un de ces rêves visqueux dont ne persistent que des impressions sans l'appui d'images précises.

Deux ADN, avait affirmé Berthelot, et une camionnette blanche au toit probablement cabossé.

Deux tueurs évoluant en toute liberté en dépit de la mesure de confinement et des contrôles imposés à la population par les forces de l'ordre.

Un véhicule qui a probablement déjà été arrêté pour vérification, avait asséné Zuhaitz.

À moins que ce ne fût un véhicule qu'on laissât systématiquement passer parce qu'en première ligne durant cette crise sanitaire.

*

Quand Ahmad et Moussha arrivèrent au commissariat, ils trouvèrent Mahia installée à son bureau au milieu des dossiers. Elle leur avait préparé le café et avait acheté des viennoiseries qui embaumaient toute la pièce pour leur mettre l'eau à la bouche. Cela cachait quelque chose, pensèrent aussi les garçons. Depuis quelques jours, elle débarquait entre 8h30 et 8h45, complètement speedée, souvent en colère contre le chauffeur du minibus qui prenait en charge Xan à cause de son manque de ponctualité.

« Salut les gars ! Votre mission d'aujourd'hui : lister les compagnies d'ambulances privées qui travaillent dans le secteur et les noms des binômes qui interviennent. Je veux les horaires et les plannings de chacun. Je voudrais aussi que vous passiez au crible les vidéos des banques à la recherche d'ambulances qui seraient passées dans le secteur aux heures correspondant à nos crimes. Je pense que nos tueurs se déplacent dans un véhicule que nous ne contrôlons pas, parce qu'il incarne dans une moindre mesure une forme d'impunité…

— Dans ce cas-là, intervint Moussha, faut qu'on fasse aussi les flics, les pompiers, les infirmiers, les artisans, les livreurs…

— On n'est pas sortis ! s'exclama Ahmad.

— C'est pour ça qu'elle veut nous amadouer avec ses croissants et son café tout frais.

— J'ai déjà commencé, reprit Mahia, et j'ai bien avancé.

— T'es tombée du lit ?

— Tu ronflais, Carole t'a jetée dehors ?

— Vous êtes impertinents, les mecs ! Je suis le chef, quand même, un peu de respect ! Je suis là depuis 6h. J'ai beaucoup gambergé et l'image des tueurs roulant en ambulance m'a réveillée.

— Hé ! Ça tient la route, dit Moussha.

— Ouais, c'est la meilleure hypothèse, ajouta Ahmad.

— Alors, au boulot !

— Et ton ami, le Reclus, qui t'a fait le profil d'un tueur unique, il en dit quoi de ta théorie ?

— Il n'en pense rien. Ce n'est pas lui qui mène cette enquête. »

En milieu d'après-midi, après de longues heures passées devant l'écran de leur ordinateur respectif, ils décidèrent de s'octroyer une pause autour d'un sandwich et d'un café de plus – ils en avaient bu des litres !

« Avoue qu'on n'avance pas des masses, commença Ahmad en s'adressant à Mahia.

— J'ai rappelé Berthelot, répondit-elle en éludant la question. Il a prélevé de l'ADN sur les dernières victimes. Il faut attendre maintenant pour voir si ça matche. Il a reçu les résultats de ses prélèvements précédents : ils ne sont pas répertoriés dans la banque de données nationale...

— C'était couru d'avance, le coupa Moussha dépité.

— Mais... insista Mahia, mais les deux tueurs partagent une partie de leur patrimoine génétique

— Ils sont de la même famille, c'est ça ? s'égaya Moussha.

— Il a dit un père et son fils ou deux frères. Faudrait approfondir. Mais c'est pas mal.

— De mon côté, y'a pas d'ambulance sur les vidéos aux heures qui nous intéressent, affirma Ahmad. Par contre, j'ai un vieux combi Volkswagen blanc et plusieurs Peugeot Expert. Pour le premier, on n'a pas d'immat', bien sûr, mais j'ai repéré des autocollants qui pourraient peut-être m'aider à l'identifier. J'attends que mon logiciel finisse de mouliner tout ça, mais c'est très long et j'aurais peut-être un résultat que demain matin – ou pas. »

Le plus pénible dans une enquête n'était pas l'idée de ne pas aboutir ; c'était le temps que l'on perdait en procédure, à attendre des résultats, des documents qui n'arrivaient jamais, à appliquer une réglementation qui semblait pensée parfois en dépit du bon sens…

La frustration et la colère étaient le plus souvent leurs compagnons d'arme.

Dans la soirée, Mahia – après moults tergiversations – consentit à écrire au Professeur.

« Deux tueurs. Le légiste confirme.

Probablement de la même famille.

Désolée de vous le dire mais votre tueur unique est une chimère. »

32

« Votre tueur unique est une chimère. »

Zuhaitz jubila quand il reçut le message du commandant Lenh-Sheing, Qu'elle le recontacte lui faisait marquer des points : il aimait à penser que la jeune femme commençait à prendre goût à leurs entrevues. Ne disait-on pas : « Jamais deux sans trois ? » Mais, pas seulement. L'emploi même du terme « *chimère* » le fit exulter parce qu'il résolvait à lui seul les questions qu'ils se posaient tous les deux concernant la nature même de l'assassin.

Considéré par son interlocutrice dont il avait souligné la pointe de sarcasme sous son acception plus moderne, il l'avait pour sa part accueilli le terme dans sa première définition. Chez les Grecs, une chimère – La Chimère – était un monstre imaginaire, une sorte de dragon mi-lion mi-chèvre avec une queue de serpent, un de ces hybrides dont la mythologie regorgeait et qui nourrissaient les légendes. Au même titre que le Minotaure, le Sphinx ou le Phénix.

Ainsi Mahia Lenh-Sheing affirmait-elle par cette phrase qu'il s'était fourvoyé dans le profil qu'il avait établi.

La présence de deux ADN était l'élément perturbateur de l'équation initiale.

Le tueur qu'il avait décrit avec tant de minutie existait bel et bien. Il était lui-même LA chimère, telle que la science la définissait.

33

« VOUS NE CROYEZ PAS SI BIEN DIRE. »

Tel fut la réponse sibylline que Mahia reçut le lendemain matin alors qu'elle flânait sous la douche. Xan dormait encore, mais plus pour très longtemps. Carole qui avait de plus en plus de mal à se lever (elle qui d'habitude était toujours debout la première) terminait la lecture de son chapitre en buvant son premier café de la journée, le regard encore embrumé de sommeil.

« Il m'a répondu, tu sais, avoua Mahia sans nommer l'expéditeur.

— Et il est tout penaud parce qu'il reconnaît ses torts, ironisa sa compagne.

— On dirait ! Il me propose une visio à 12h.

— Chouette ! Tu m'envoies le lien que je puisse voir la tête de l'homme qui retient toute ton attention en ce moment ? »

Mahia lui jeta un regard noir.

« En tout bien tout honneur ! Il n'y a aucun sous-entendu. Je te…

— Ama ! AMA ! AMA ! AMMMAAAAAAA-AAAAAAAA ! »

L'ouragan Xan s'annonçait. Au calme relatif du petit matin allait succéder le branle-bas de combat habituel, lequel observait une chronologie ritualisée : le petit-déjeuner, la salle de bains, l'habillage, le passage aux toilettes et le départ pour l'arrêt de bus – tout cela au rythme d'une ritournelle de comptines déversées par un vieux smartphone dont se servait le petit garçon pour regarder ses albums de photos, ses vidéos de famille et écouter ses musiques préférées.

« *Ainsi font font les petites marionnettes…* », « *Tourne tourne petit moulin…* », « *Saute saute saute mon petit lapin…* » et bien d'autres encore jouaient en boucle, dès les premières heures du jour, et s'imprimaient dans l'inconscient des deux mamans jusqu'à les accompagner parfois toute la journée sans qu'elles parvinssent à s'en défaire.

C'est donc en fredonnant « *Dans la forêt un grand cerf…* » – à moins que ce ne fût « *Dans la ferme de Mathurin…* » – que Mahia pénétra dans le bureau du commissaire Barnetche. Il l'avait fait appeler et affichait une mine fermée, ce qui ne présageait rien de bon.

« Je ne vais pas y aller par quatre chemins, commandant... », lui dit-il à peine eut-elle franchi la porte.

Quand il utilisait son grade pour s'adresser à elle, ça sentait plus que le roussi. Elle allait se faire admonester. Elle avait pourtant l'impression de n'avoir rien à se reprocher...

« Votre ami Ménard dit que nous aurions une affaire de *serial killer* sur le dos et que vous fricotez avec un informateur secret. Quelque chose à redire ? »

Mahia sourit. Elle n'avait rien à se reprocher, excepté l'envie de meurtre qui la surprenait tel un réflexe pavlovien à chaque fois que le nom de cet abruti était prononcé.

« J'attendais d'être bien plus avancée pour vous en parler, commissaire, lui répondit-elle sans ciller. Je n'ai aucun véritable élément de preuve pour vous faire un tel exposé, juste des soupçons, des hypothèses et des semblants de pistes que je remonte avec mon équipe. Ménard maîtrise l'art du raccourci et vous l'a sans doute servi parce qu'il a en travers le fait que j'aie hérité du double meurtre de Sainte-Barbe.

— Peu importe ce qu'il pense. Je veux entendre de votre bouche ce que vous avez à me dire. »

Posément, en tentant de n'omettre aucune information, Mahia expliqua par le menu le cheminement de son enquête, sans omettre l'heure du rendez-vous pris à la mi-journée avec le Pr Zuhaitz.

« Vous savez que votre professeur est celui que les Luziens appellent « Le Reclus de la Villa Germaine » ? Une périphrase très…

— XIXe siècle ?

— C'est cela ! Qui sonne comme le titre d'un roman à sensation.

— Ahmad m'en a d'abord dressé un rapide portrait avant que ma compagne ne le complète.

— Plein d'histoires courent en ville à son sujet. Les ancêtres notamment peuvent se montrer très diserts sur la question. Surtout ne vous laissez pas influencer par les rumeurs. Le Professeur est un homme de qualités. Au pluriel. Sinon, il ne serait pas une sentinelle…

— Une sentinelle ?

— C'est un terme qui désigne des hommes et des femmes répartis sur notre territoire, chacun doté de qualifications spécifiques – des experts en somme –, auxquels les autorités font appel quand elles doivent faire face à une crise de quelque nature qu'elle soit. Mais, vous allez vous empresser d'oublier cette information.

— Oui, commissaire.

— Bien. Concernant notre affaire, informez ce monsieur que vous ne serez pas seule lors de votre entrevue. J'aimerais y participer et j'aimerais que le Dr Berthelot soit aussi des nôtres. Je gage que votre équipe demandera aussi à vous entourer. Le Pr Iorik Zuhaitz est un personnage qui ne manque pas de piquer la curiosité. Je compte sur vous néanmoins pour que la presse ne s'empare pas de cette histoire de *serial killer*.

— Mon équipe est briefée, commissaire, affirma Mahia. Si fuites il y a, elles viennent d'ailleurs. »

Le Professeur Gorham fait une drôle de découverte en Antarctique...

L'expérience ANITA[14], menée pendant plusieurs mois durant l'année 2016, pourrait bien remettre en question notre perception du temps et de l'univers.

C'est ce qu'a révélé le rapport tout récemment édité par l'équipe du Professeur Gorham, physicien spécialiste des particules expérimentales à l'université d'Hawaii,

Pendant un mois entier, un ballon géant doté d'une multitude d'antennes a été placé en altitude au-dessus de la glace. Sa mission ? Scruter un million de kilomètres carrés de paysage gelé en quête de traces de particules de haute énergie venues de l'espace.

14. Antarctic Impulsive Transient Antenna.

Une fois le ballon ramené au sol, la collecte a parut bien peu fructueuse : excepté du bruit de fond, elle n'avait rien de plus à proposer. Et il en fut de même, lors de la seconde tentative.

Les scientifiques, on le sait, sont des obstinés. Ils ont alors tenté l'expérience une troisième fois tout en menant une étude plus approfondie de ce qu'ils avaient initialement considéré comme du bruit. L'examen d'un des signaux captés par leurs instruments les a conduits à identifier une particule de haute énergie qui ne ressemblait guère à ce qu'ils avaient imaginé. Tout simplement parce que ce qu'ils observaient relevait de l'impossible : au lieu d'être émise d'en haut, cette particule explosait à partir du sol. Pour tenter d'expliquer ce curieux signal, toutes les hypothèses fondées sur les principes que l'on connaît de la physique ont été explorées et chacune d'entre elles a été formellement réfutée.

Aussi, appliquant l'adage holmésien – « *lorsque vous avez éliminé l'impossible, ce qui reste, aussi improbable soit-il, est nécessairement la vérité* » –, les chercheurs sont-ils parvenus à une conclusion stupéfiante.

Pour expliquer ce signal, il faut postuler l'existence d'un *univers à l'envers*, créé lors du même Big Bang que le nôtre, et qui existerait en parallèle.

Dans ce monde miroir dont l'existence serait attestée par le signal identifié, tout serait inversé : le positif serait le négatif, la droite serait la gauche et le temps se déroulerait en marche arrière.

Initialement, l'expérience ANITA ne visait pas une telle démonstration.

La Terre est constamment bombardée de rayons cosmiques, venus des confins de l'espace. Certaines de ces particules contiennent une énergie phénoménale, parfois un million de fois supérieure à celle que nous sommes capables de produire avec nos meilleurs accélérateurs de particules. Elles intéressent les chercheurs qui voudraient savoir de quoi elles sont faites et d'où elles viennent. Mais déviées par les forces de champs magnétiques, il est impossible de déterminer leur point d'origine. Ce que l'on sait néanmoins, c'est qu'en même temps que sont émis les rayons cosmiques, d'autres signaux qu'on appelle *neutrinos* les accompagnent. Dépourvus de charge, ces *neutrinos* (qui sont des particules élémentaires de masse pratiquement nulle, engendrées notamment par des réactions nucléaires) ont la particularité d'échapper aux perturbations qu'engendrent les champs magnétiques, ce qui leur permet de filer tout droit à travers l'espace. Aussi, pour localiser l'origine d'un *neutrino*, suffit-il d'extrapoler sa trajectoire à rebours à partir de son point d'impact.

Quand un *neutrino* frappe les glaces de l'Antarctique, il engendre des particules qui émettent des ondes radio qui peuvent permettre de déterminer le point d'impact du *neutrino* et établir l'origine des rayons cosmiques qui l'accompagnaient.

« Nous maîtrisons ce processus, affirme le Pr Gorham. En revanche, nous sommes incapables d'expliquer ce que nous avons identifié en 2016 : la particule de haute énergie a jailli du sol en ayant pénétré la Terre depuis l'autre côté…

Lewis Caroll aurait-il anticipé une réalité parallèle avant que les physiciens n'en fassent la démonstration ?

34

La maladie s'était invitée 27 ans plus tôt. Sans signe avant-coureur, ni prédisposition génétique. Elle n'avait pas 50 ans. Un mauvais karma… De la fatigue, des courbatures dans les membres supérieurs, des contractures… Comme une grosse grippe qui s'annonce mais ne se déclare jamais. Puis le diagnostic était tombé. Parkinson. Un joli nom pour un acteur ou une marque de thé, mais pas pour une maladie à l'inéluctable issue. Son époux et ses fils avaient d'abord minimisé: « Des tremblements, tout au plus », avaient-ils commenté. Mais ces tremblements cachaient tellement d'autres symptômes qu'ils avaient été finalement si peu de choses à côté de ce qui l'attendait. Madame Arlette qui avait passé sa vie à s'occuper du bien-être des siens, avait dû apprendre à penser à elle ; elle qui avait toujours tout fait dans l'urgence, avec diligence et célérité, avait dû prendre sur soi et temporiser. Si la carence en dopamine figeait ses mouvements et entraînait une multitude de dégénérescences qui rendait son corps gourd et détestable, la maladie n'avait pas entamé sa lucidité et son incroyable sens de l'observation. La lecture était devenue sa principale distraction et l'écran de son ordinateur, une fenêtre ouverte sur le monde. Antoine Daubas aimait à converser avec elle de tous les sujets qu'ils fussent culturels, scientifiques ou d'actualité. Cette femme arc-boutée par la maladie, incapable de se mouvoir sans le soutien de son déambulateur, était un véritable puits de science. Ce jour-là, il entendait bien la sonder au sujet de « ces effroyables meurtres dont Saint-Jean-de-Luz, qu'éreintait déjà ce confinement de malheur, était le théâtre. » Il lui suffit d'évoquer le sujet pour qu'elle se laissait aller.

« Mon petit Antoine, avez-vous lu la presse ? Non ? Vous devriez y jeter un œil ! J'ai longuement épluché chaque article paru ces derniers jours. Les journalistes – ces charognards infâmes – se délectent : ils parlent de tueur en série ! Un de ces monstres enfantés par les États-Unis et vantés par les intrigues de nos romans policiers contemporains ! Ainsi, l'esprit de Lecter, Dexter, Bates, Myers ou Krueger[15] se serait-il incarné et errerait dans nos rues pour trucider de pauvres gens au prétexte qu'ils ne respectent pas le confinement. Telle est la théorie fumeuse qui se répand… »

Il rit avec elle de cette remarque avant de rebondir :

« Et votre fils, qu'en pense-t-il ?

— Mon fils ! s'exclama-t-elle avec dédain. Il fait comme si c'était lui qui dirigeait l'enquête alors que c'est le commandant Mahia Lenh-Sheing. C'est une femme charmante mais il la déteste. Non pas parce qu'elle lui est hiérarchiquement supérieure, mais parce qu'elle est lesbienne. Pour lui, l'engeance homosexuelle est une anomalie qu'il faut éradiquer de la société. Et il propose la même optique pour les Arabes et pour les Noirs qui, à son goût, assombrissent les couleurs du Pays basque. Cet homme est dans la police ! Imaginez-le au même poste plusieurs décennies plus tôt !

15. Tueurs en série de fiction créés par Thomas Harris (Hannibal Lecter), Jeff Lindsay (Morgan Dexter), Robert Bloch (Norman Bates), John Carpenter (Michael Myers) et Wes Craven (Freddy Krueger).

La chanson de Goldman se mit à tourner en boucle dans un coin de l'esprit.

« Peut-être est-il un peu…, s'écria Antoine Daubas,

— J'ai réussi néanmoins à lui soutirer quelques informations, avoua-t-elle avec un air de conspiratrice.

— C'est votre petit côté « Jane Marple », la flatta-t-il.

Elle exulta.

« Figurez-vous que les tests ADN montreraient qu'il n'y ait pas un, mais deux agresseurs dans cette affaire ! C'est fou, n'est-ce pas ? »

Même si l'idée que son ADN (malgré toutes les précautions prises) ait été récupéré sur les scènes de crime avait de quoi inquiéter, Antoine Daubas la balaya d'un revers de la main. On recherchait un duo alors qu'il œuvrait seul, il n'avait donc rien à craindre et pouvait poursuivre sa tâche. La fois suivante, il entendait frapper plus fort – plus grand et plus grandiose ! En scannant mentalement le plan qu'il avait fomenté, « Sept d'un coup », pensa-t-il, comme dans le conte de Grimm du *Vaillant Petit Tailleur*.

35

Au sortir de l'entretien avec son supérieur hiérarchique, Mahia s'empressa d'informer Zuhaitz de ses exigences. Il lui répondit aussitôt qu'il n'était pas contre un public pour applaudir la grande démonstration qu'il s'apprêtait à leur faire. Cette forfanterie ne l'étonna pas mais lui fit ressentir, à son corps défendant, une pointe de déception – peut-être même de jalousie – qui s'effaça aussi rapidement qu'elle était survenue ; une fulgurance brisa néanmoins l'illusion qu'elle avait formée : celle d'avoir tissé une relation privilégiée avec « Le Reclus de la Villa Germaine ».

*

Les cloches de l'église Saint-Jean-Baptiste sonnaient quand le Pr Iorik Zuhaitz apparut sur le grand écran de la salle de réunion. Ahmad, Moussha, Lucie et Mahia s'y étaient installés une demi-heure plus tôt pour y faire les essais son et vidéo préalables. Quand la connexion fut établie, ils étaient sagement attablés, de quoi prendre des notes face à eux, tels un groupe d'étudiants attendant leur mentor. Le commissaire Barnetche s'était joint à eux après avoir fermé la porte aux curieux qui s'étaient massés à l'entrée de la salle. Le Dr Berthelot, pour sa part, s'encadrait dans une petite fenêtre en haut de l'écran. Derrière lui, les rayonnages de sa bibliothèque donnaient l'impression qu'ils allaient lui tomber dessus tant ils étaient chargés de livres.

L'homme qui leur faisait face semblait ne pas être celui-ci que Mahia avait rencontré. Elle eut du mal à le reconnaître. Il faut dire, pour sa décharge, que plus de cinq mètres les avaient toujours séparés sauf les toutes premières minutes où elle s'était précipitée pour l'aider alors que le souffle lui avait manqué, et avant d'être repoussée loin de lui.

La caméra haute définition le montrait en gros plan, si bien qu'on distinguait le grain de sa peau, les ridules autour de ses yeux dont elle put enfin définir la couleur (un bleu tirant sur le gris, probablement variable en fonction du temps ou de l'humeur) et l'ordonnancement de ses cheveux poivre et sel, ondulés et portés mi-longs. Carole avait raison de s'inquiéter : il était finalement beau gosse, à inscrire sur la liste virtuelle des hommes dont elle aurait bien fait son « quatre heures ».

Il portait un costume trois-pièces noir sur une chemise anthracite au col fermé par une cravate jaune soleil. Les chaussettes bien qu'hors-champ devaient être jaunes elles aussi pour que soit respectée la coquetterie qu'il lui avait confiée.

« Monsieur le Commissaire Divisionnaire, Monsieur le Médecin légiste, Mesdames, Messieurs, je suis heureux de me présenter à vous suite au contrat tacite de collaboration établi entre le Commandant Mahia Lenh-Sheing – ici présente – et moi-même, en lien avec la suspicion de meurtres en série perpétrés dans les rues de Saint-Jean-de-Luz durant ce temps de confinement décrété par le gouvernement pour faire face à la crise sanitaire qui nous frappe.

» J'ai pris la liberté de vous transmettre, Monsieur Le Commissaire Divisionnaire, le document officiel (attesté par les autorités) de mes compétentes en matière d'investigations criminelles (dans tous les domaines qu'inclut cette dénomination) et celui de mes accréditations permettant d'intégrer l'enregistrement de cette intervention (que je tiens à votre disposition dès son dénouement) aux éléments de preuves déjà collectés durant cette enquête.

» Avant de vous désigner le coupable – car à la suite de mon exposé, vous saurez –, je vais, si vous me le permettez, résumer l'affaire de manière très succincte.

» Commandant Lenh-Sheing, si vous désirez intervenir pour préciser mon discours ou le compléter, n'hésitez surtout pas à le faire. »

Mahia opina du chef, subjuguée par cette impudente vantardise qui aurait rendu n'importe quel quidam antipathique. Dans le cas du Pr Zuhaitz, ce trait de caractère ajoutait à son charisme. Alors qu'elle s'apprêtait à faire une remarque pour se donner l'illusion de reprendre la main, un SMS fit vibrer son portable :

« Ma cravate et mes chaussettes
sont effectivement assorties.
Je SAIS que cette réflexion
vous a traversé l'esprit. »

Mahia en fut décontenancée. D'autant qu'il l'apostropha avec un ironique « Puis-je poursuivre, commandant ? » qui eut le bon heur de diriger tous les regards vers elle et son portable.

« Je vous en prie, murmura-t-elle en tentant de réprimer son rougissement.

— Je vous remercie, dit-il en affichant son plus beau sourire. Une série de dégradations essentiellement perpétrées sur des véhicules issus de départements extérieurs, suivie de la mise à mort d'animaux emblématiques pour le tueur, m'ont permis de prendre conscience de la présence néfaste d'un individu potentiellement dangereux, réagissant à la crise sanitaire et à la crainte de voir le virus dit Covid-19 se propager à la population locale. Tous les signes spécifiques de l'émergence d'une personnalité déviante dite nettoyeur – comme appelée dans le jargon du *profiling* – m'ayant donc alerté, j'ai pris le parti d'en informer le Commandant Lenh-Sheing qui a su se montrer à l'écoute tout en restant prudente, préférant « voir venir » que d'agir en alarmiste. »

— C'est tout à son honneur, commenta Barnetche.

— J'en conviens, Commissaire. Il n'empêche que la découverte du corps de la joggeuse

Paula Straub n'a fait que confirmer ce que je présageais.

— Je sens quelque reproche dans vos propos didactiques, mais en l'absence de *corpus delicti*, comment nous, la police, soumise à une réglementation stricte, aurions-nous pu agir ? Les rats, les pigeons, les chats et les chiens ne font pas partie de nos clients habituels, n'est-ce pas Dr Berthelot ?

— Certes, Commissaire, enchaîna le légiste, et je dirais « Dieu, merci ! » Il n'empêche qu'à la demande avisée du commandant Lenh-Seing j'ai pratiqué l'examen du chien retrouvé sur la plage. Les deux traces d'ADN relevés sur le corps de Paula Straub sont les mêmes que celles prélevées sur le cadavre du canidé. Si, grâce à vos connaissances de *profiler* et des sciences annexes que vous maîtrisez, vous avez supposé l'existence d'un lien, mon travail vise à confirmer ou infirmer les hypothèses émises par les enquêteurs et, dans une mesure non négligeable, à leur proposer certaines pistes.

— Je salue ici votre méticulosité et votre souci du détail, Dr Berthelot, répondit Zuhaitz. Vos rapports devraient être un modèle imposé à tout apprenti anathomopathologiste. Cette façon très personnelle que vous avez de les rédiger, en les illustrant de comparaisons visant à vulgariser vos observations (lesquelles sont destinées à des policiers pas forcément au fait de votre art), est on ne peut plus remarquable.

— Vous lisez mes rapports, s'interrogea Berthelot.

— Oui, mais ce n'est pas le sujet de notre discussion d'aujourd'hui.

— Il n'empêche qu'il nous faudrait éclaircir ce point à un moment donné », intervint Barnetche.

Ahmad, Moussha et Lucie assistaient à cette joute comme le font les spectateurs d'une pièce de théâtre. Ils n'en rataient pas une miette, se gardant d'intervenir pour ne pas casser le rythme des répliques qui s'échangeaient avec la célérité d'un passing-shot.

« Peut-être pourrions-nous laisser le Pr Zuhaitz nous exposer son profil, hasarda Mahia qui sentait le discours glisser sur une mauvaise pente.

— Je ne vais pas m'éterniser, se reprit l'intéressé. Dr Berthelot, vous avez souligné la découverte à deux reprises, sur deux corps différents (Paula Straub et le chien), de deux ADN distincts ; les prélèvements faits sur la scène de crime de Sainte-Barbe ont, ce me semble, permis la mise à jour – une nouvelle fois – de ces deux mêmes ADN significatifs. Ces preuves génétiques, devenues incontournables, ont naturellement conduit le commandant Lenh-Sheing et son équipe à envisager la présence de deux tueurs.

— C'est exact, Professeur, mais j'ai cru comprendre que ces preuves allaient à l'encontre de la théorie et du profil que vous avez établi. Pourquoi votre théorie ne peut-elle pas être erronée ?

— Parce que, voyez-vous Docteur, je ne me trompe jamais, assena le Professeur sur un ton qui n'acceptait aucune réplique. Et je m'en vais vous le prouver. »

36

« C'est un message du commandant Lenh-Sheing qui a éclairé ma lanterne. *Votre tueur unique est une chimère*, m'a-t-elle écrit. C'est effectivement le cas si l'on considère le terme « chimère » dans son acception scientifique et non métaphorique.

— Oh, mon Dieu ! s'écria Berthelot dont le visage se métamorphosa.

— Je vois que la notion ne vous est pas étrangère.

— Vous pensez à un phénomène de…

— C'est ce à quoi mes hypothèses m'ont conduit. Le profil que j'ai établi du tueur va à l'encontre de l'idée d'un binôme. Quand j'ai appris que les deux ADN relevés sur les scènes de crime présentaient d'imposantes similitudes, j'ai révisé l'ensemble de mon raisonnement, je l'ai soumis à certaines distorsions pour qu'il colle aux données légales sans parvenir à envisager un couple de tueurs parfaitement « synchro ». Aussi est-ce la seule explication possible…

— Messieurs ! intervint le commissaire que ces discours abscons agaçaient copieusement. Pourriez-vous éviter les apartés ?

— Commissaire, votre tueur souffre d'un trouble génétique : il est ce qu'on appelle une chimère tétragamique ou chimère dispermique. Pour illustrer mon propos, je vous invite à visiter les sites concernant la chanteuse américaine Taylor Muhl qui a fait un atout de cette particularité génétique – son épiderme est bicolore. Vous trouverez d'autres exemples sur la toile dans des articles pseudo-scientifiques aux titres accrocheurs comme « *Le père de l'enfant est en fait son oncle* », lesquels jouent sur la corde sensible du scabreux pour attirer la curiosité et faire saliver le chaland que le scandale appâte. Racoleurs à souhait ! Mais revenons-en à la science.

» C'est la fusion zygotique au stade préblastocyste qui explique ce phénomène qui n'est finalement pas si rare qu'on le croit. Pour faire simple, les individus présentant deux ADN et dont la comparaison atteste une très proche similarité sont le résultat d'un dysfonctionnement au cours d'une grossesse gémellaire dizygote – des « faux jumeaux » –, quand deux ovocytes distincts sont fécondés par deux spermatozoïdes eux aussi distincts. Lors des premiers stades du développement, il arrive que l'un des deux embryons absorbe son jumeau et fusionne avec lui pour ne former qu'un seul individu ; celui-ci possède alors deux lignées cellulaires différentes, deux jeux de chromosomes dans un seul et même fœtus. La plupart du temps, les personnes atteintes de chimérisme ne sont pas diagnostiquées, mais certains indices peuvent laisser soupçonner leur singularité : des patchs de peau de couleurs différentes, des cheveux de couleurs naturellement différentes, la formation de kystes contenant des poils et des dents (vestiges du jumeau absorbé) et qui forment des excroissances sur le corps. Outre cela, ces individus souffrent la plupart du temps de maladies auto-immunes : une partie de l'organisme réagissant à l'ADN et aux cellules de l'autre jumeau comme s'ils étaient des corps étrangers s'en prenant au système immunitaire.

— C'est un phénomène absolument fascinant, s'écria le Dr Berthelot.

— On chercherait donc un homme avec une particularité physique, commença Mahia.

— Roulant dans un van blanc au toit probablement cabossé, poursuivit Moussha.

— Pouvant se déplacer en toute liberté en cette période de confinement, parce que faisant partie des professionnels autorisés, compléta Ahmad.

— Un gaucher de surcroît, ajouta Lucie.

— Il a probablement un macaron apposé sur le pare-brise, affirma Mahia.

— En parlant de ça, l'autocollant sur le van de mes vidéos représente un kraken et désigne un bar situé à Zumaia. Je ne sais pas si ça va nous aider.

— Mesdames, Messieurs, coupa le Professeur, j'ose espérer que mon intervention vous aura permis d'avancer. Je dois vous laisser car d'autres tâches m'appellent… Très bonne journée. »

Le commissaire n'eut pas le temps de le remercier. Le visage de Zuhaitz disparut à peine eut-il annoncé sa volonté de se retirer.

« Ce type est sidérant, affirma Ahmad.

— Vous croyez vraiment que son exposé sur les jumeaux qui s'entre-dévorent dans le ventre de leur mère va nous aider à coincer notre tueur ? demanda Lucie.

— Il a été moins gore que toi dans ses descriptions », commenta Moussha.

Le commissaire s'éjecta de sa chaise comme un diable surgissant de sa boîte et tapa des mains pour rassembler ses troupes.

« Collez-moi des barrages partout ! Contrôlez tous les véhicules et arrêtez-moi ce type avant qu'il ne tue à nouveau. Tous sur le pont et que ça saute ! »

37

Antoine Daubas avait du mal à dissimuler sa nervosité. Elle s'était emparée de lui quand il avait dû immobiliser son véhicule derrière la file de voitures arrêtées sur le pont de Ciboure à cause d'un contrôle. Les forces de l'ordre étaient positionnées au niveau du rond-point de la gare. Il n'avait pourtant rien à craindre. Son attestation professionnelle était dûment remplie et son planning affiché sur le tableau de bord à l'entête de l'organisme d'aide à domicile qui l'employait, allié à autocollant apposé sur son pare-brise, étaient autant de signes attestant de son intégrité. Il n'empêche que ce contrôle inopiné, à une heure d'affluence (il était presque 17h), contrecarrait ses plans. Il ne pouvait même pas faire demi-tour. C'était le seul accès et puis, à cet endroit, c'eut été trop visible et considéré comme suspect.

Il était en règle, autant attendre.

Il expliquerait à Monsieur André qu'il avait été retardé par la police. Avec le confinement, le vieil homme comprendrait. Et ça leur ferait un sujet de conversation quand il rangerait ses courses et préparerait son repas du soir.

Que c'était râlant tout de même!

Il avait des produits congelés à l'arrière. Les sacs isothermes vendus par les supermarchés n'étaient pas très efficaces et il faisait une chaleur épouvantable! Du jamais vu pour un mois d'avril. L'été avant la saison.

Il n'y avait rien de plus qu'il ne détestait que les contre-temps, le grain de sable qui grippe la machine et met à mal son mécanisme intrinsèque. Ses doigts battaient la mesure sur le volant de son Peugeot Expert, au rythme d'un standard d'AC-DC. Il avait bien fait de choisir ce modèle avec climatisation et chargeur CD. Le fait qu'il soit tollé lui offrait en plus un espace à l'arrière des plus intéressants. Si spacieux qu'on pouvait s'y allonger.

La file avança d'un coup. Les agents moulinèrent du bras et laissèrent passer les cinq voitures qui le devançaient. Il s'engagea pour suivre le mouvement, mais fut arrêté net. La panique s'empara de lui dans un élan subi et irrépressible tel une vague. Fort heureusement, il reconnut l'homme en costume qui s'approcha de sa fenêtre. Le fils que Madame Arlette n'avait de cesse de critiquer. Il l'avait croisé quelques fois, toujours en coup de vent. Ce ne serait que des formalités, se rassura-t-il.

Antoine Daubas se saisit des documents posés sur le siège passager en baissant la vitre.

« Bonjour, capitaine Ménard », s'exclama-t-il d'un ton jovial.

À peine eut-il tendu son bras pour présenter ses papiers, qu'il fut extirpé du véhicule, ceinturé, plaqué au sol et menotté sans ménagement.

38

Un œil bleu.

Un œil noisette incrusté de quelques reflets d'or.

Comme les huskys.

Elle se souvenait avoir, enfant, tanné ses parents pour qu'ils lui en achètent un – « Ce serait comme si j'avais un loup », leur avait-elle dit en guise d'argument. Ils lui avaient offert Potxo, un corniaud sympathique et affectueux qui venait la chercher à la sortie de l'école et la raccompagner jusqu'à la maison. Potxo, le fidèle compagnon de ses jours heureux.

Mahia balaya ses souvenirs anciens pour fixer à nouveau son attention sur le suspect. Comme l'avait supputé le Professeur, l'homme qu'ils recherchaient portait un signe physique distinctif : des iris de couleurs différentes. Carole lui avait dit qu'on appelait ça des yeux vairons et elle avait digressé sur le Moyen Âge durant lequel on croyait *mordicus* que ceux qui en étaient dotés avait croisé le regard du Diable, avant de se laisser aller à disserter sur David Bowie qui avait lui aussi cette particularité… et blabla-bla. Sa compagne était une incorrigible bavarde, surtout quand elle rêvait de silence. Zuhaitz, lui aussi prolixe, mais dans un autre registre, aurait, pour sa part, sans doute parlé d'hétérochronie en évoquant le syndrome de Waardenberg et les autres pathologies connexes.

Cela n'enlevait rien au malaise qu'elle éprouvait face à cet homme dont elle ne parvenait pas à capter le regard.

Placé en garde à vue la veille, dès son arrestation, il avait d'abord été cuisiné par Ménard qui n'en pouvait plus de se pavaner tant il s'enorgueillissait de l'avoir lui-même arrêté. Cependant, l'ersatz d'interrogatoire qu'il lui avait fait subir n'avait pas abouti. Ménard ne maîtrisait pas le dossier. Il avait tenté sa chance en jouant sur le fait qu'il connaissait personnellement le suspect et utilisé le nom de sa mère pour laquelle ledit suspect éprouvait une sincère affection. Mais la manœuvre n'avait fait que renforcer le silence obstiné dans lequel il s'était retranché.

Mahia s'était présenté à lui avec un café et une attitude affable. Elle ne s'était pas gênée pour dénigrer les agissements de son collègue. Elle s'était montrée patiente, ouverte et surtout – chose que Ménard lui reprocherait – elle était une femme, ce qui n'avait sans doute pas manqué de soumettre le présumé coupable. Mais le commandant Lenh-Sheing savait que son long discours sur l'investissement, l'abnégation, le don de soi dont faisait quotidiennement preuve la cohorte invisible et silencieuse des aides à domicile était assurément ce qui lui avait fait marquer des points.

« Monsieur Daubas, lui dit-elle, après plus de quarante-cinq minutes passées en tête-à-tête, avez-vous des choses à me dire quant aux accusations portées contre vous ?

— Il fallait que je les protège, murmura-t-il comme pour lui-même.

— Vous l'avez toujours fait, chuchota Mahia en saisissant l'opportunité.

— Ils nous ont demandé de respecter les règles du confinement pour enrayer l'épidémie. Ils n'arrêtent pas de dire que le virus est mortel et que les personnes âgées sont les plus fragiles. Comment je pouvais les protéger ?

Certains individus se croient tout-puissants, invulnérables à la maladie. Parce qu'ils ne sont pas dans la tranche d'âge des sujets à risque. Ces joggeurs qui courent partout et vous frôlent, à n'importe quelle heure, en suant, en bavant et en crachant sur le sol. Ces couples qui se retrouvent en secret, la nuit tombée, dans des endroits romantiques pour célébrer leurs amours ridicules alors que l'accès aux lieux est interdit. Et ces adolescents déscolarisés qui traînent en bandes et se retrouvent tels les rois du monde pour danser, boire, fumer et baiser sans doute, la musique à fond, en toute impunité. »

Daubas avait le regard fixe, les mains posées à plat sur la table. Sa colère était palpable. Elle venait de monter d'un cran. Il était comme un félin, prêt à bondir.

« D'incontrôlables vecteurs de l'épidémie que nos services débordés par la crise n'étaient pas en mesure de contrôler, déplora Mahia.

— Il fallait bien que quelqu'un le fasse… C'était une question de vie ou de mort.

— Il y a toujours des éléments réfractaires au règlement. Je suis bien placée pour la savoir. La sanction est un moyen de les faire plier. La répression, aussi. Mas pas le meurtre…

— C'est vrai, concéda Daubas, mais il empêche toute récidive. »

39

Quand il grimpa dans le fourgon qui devait le transférer vers la maison d'arrêt, Antoine Daubas eut un léger pincement au cœur : qui allait s'occuper de ses petits vieux ?

Quand il intégra la cellule qui l'accueillerait durant plusieurs années, il regretta de ne plus pouvoir jouir de la vue imprenable sur la baie de Saint-Jean-de-Luz du haut de Sainte-Barbe.

Quand il vécut quelques désagréments dans les douches, au réfectoire et lors de ses heures de promenade, il perdit pied et endossa à nouveau le costume de l'homme servile et corvéable, priant de redevenir celui que l'on ne voit pas.

Quand il parvint à s'inscrire à la salle de sport et qu'on lui permit de parcourir les rayonnages de la bibliothèque, il retrouva une once de moral qui ne demandait qu'à grandir.

Là était son salut : le sport et la lecture le rendraient plus fort, plus grand, plus grandiose.

40

Le Pr Iorik Zuhaitz parcourut la presse locale avec un sourire de satisfaction. L'équipe du commandant Lenh-Sheing faisait la une. Éric Daubas avait été arrêté : les preuves, mais aussi sa déposition, attestaient qu'il avait tué Paula Straub, Carla Meyer et Sylvain Pardo. Il avait avoué, en fin d'interrogatoire, trouvant son interlocutrice d'une formidable empathie, qu'il s'apprêtait à récidiver en décimant un groupe de jeunes qui avaient l'habitude, depuis le début du confinement, de se retrouver en fin de soirée sur un terrain vague situé sur la plaine des sports de Ciboure, près du centre Léo Lagrange. Daubas avait piégé le brasero dans lequel ils leur arrivaient de faire du feu pour égayer leurs rassemblements et espérait le faire exploser le jour où ils seraient les plus nombreux – les fins de semaine notamment.

Quand la police débarqua sur les lieux, toutes sirènes hurlantes, les adolescents paniquèrent plus que de raison, certains se jetèrent dans la Nivelle, d'autres escaladèrent la butte menant vers l'autoroute, d'autres enfin tels des lièvres pris dans les phares d'une voiture se figèrent dans une sorte d'effrayante prostration. Le terrain vague demeura désert pendant quelques jours avant que ses occupants habituels ne reviennent y traîner leur jeunesse.

Mahia était elle aussi en train de parcourir la presse.

« JE VOUS DOIS UNE FIÈRE CHANDELLE, lui écrivit-elle.

— À VOTRE SERVICE. CE FUT AVEC PLAISIR. MERCI.

— MACARONS ? CHOCOLAT ? VINS ? CHAMPAGNE ? POUR VOUS REMERCIER ?

— RIEN DE TOUT CELA. MAIS…

— MAIS QUOI ?

— L'AFFAIRE DU CORPS TROUVÉ PRÈS DE LA VOIE FERRÉE À CIBOURE L'AN PASSÉ…

— ELLE EST EN COURS. ET DANS L'IMPASSE.

— UN INTÉRESSANT COLD CASE.

— Je vous transfère ce que j’ai dès que possible.

— C’est parfait. Merci.

— Des pistes ?

— Bon déconfinement, commandant Lenh-Sheing.

— À vous aussi ☺.

— Jamais ☠. »

41

La température était montée en flèche en ce début de mois de mai et Xan savourait le bonheur de remettre enfin les pieds dans le sable. Malgré la fraîcheur de l'eau, il avait consenti à y tremper les pieds.

Mais la frustration demeurait.

Ce n'était pas la plage qui lui manquait mais la piscine ; la piscine du cabinet de kiné comme il le répétait tout au long de la journée ; la piscine de Marine et celles où Mahia et Carole l'emmenaient régulièrement. Accroché sur leur dos et se laissant porter, Xan aimait à dire à qui lui prêtait attention : « Il nage bien » – en parlant de lui. « Il nage comme un poisson dans l'eau » – en reprenant une réplique d'un épisode de *Tchoupi* qu'il regardait en boucle.

Le déconfinement apporterait son nouveau lot de restrictions, de réglementations, de protocoles auxquels Xan devrait apprendre à se conformer.

L'idée que la piscine puisse être fermée commençait à peine à faire son chemin dans son esprit. Mais cela ne voulait pas dire qu'il y renoncerait. La baignade avait pour lui des vertus thérapeutiques. Ne pouvant y avoir accès, une autre marotte devait donc l'occuper.

« Le caddie ! », s'écriait-il désormais pour qu'on l'emmène dans les supermarchés.

Avec le masque ?

Le gel hydroalcoolique ?

Les files d'attente à n'en plus finir ?

Tout cela était impossible.

Le jour d'après ne serait pas semblable au jour d'avant.

Cette phrase lancée comme une formule dessinait d'ores et déjà la galère des semaines à venir.

POSTLUDE

En Bref,
À travers le Monde
Janvier-Mai 2020

CHINE :

L'installation par la Chine de deux « Centres de Recherches » sur les récifs de Fiery Cross et de Susi situés dans les îles Spratleys n'est pas sans causer quelques tensions en Mer de Chine méridionale, d'autant que l'Empire du Milieu ne se gêne pas pour éperonner les bateaux de pêche qui s'en approchent trop près. Notons que depuis le début de la crise sanitaire, la Chine profite de la pandémie de Covid-19 qui paralyse les États-Unis et mobilise l'attention du reste du monde – notamment des pays de l'Asie du Sud-Est – pour renforcer ses positions dans les zones maritimes, notamment en Mer de Chine que se disputent habituellement Pékin, les Philippines, le Vietnam, la Malaisie, Taiwan et le Sultanat de Brunei.

MEXIQUE :

Dans la banlieue de Guadalajara, dans l'ouest du pays, les cartels de la drogue se substituent aux autorités pour venir en aide aux plus pauvres. Armés et masqués, ils distribuent des denrées de première nécessité aux personnes les plus vulnérables et n'hésitent pas à médiatiser leurs bonnes actions. Ainsi, les cartons destinés essentiellement aux personnes âgées sont-ils estampillés « El Chapo 701 » en référence à la marque créée par la fille du narcotrafiquant – 701 faisant référence, selon ses dires, au rang occupé par son père en 2009 dans le classement des hommes les plus fortunés établi par *Forbes*. L'initiative a fait des émules et d'autres cartels, ailleurs dans le pays, suivent le mouvement vantant, via les réseaux sociaux, leurs œuvres de bienfaisance.

USA :

Le vaisseau spatial américain X-37B a été envoyé dans l'espace à bord d'une fusée Atlas V pour une mission d'une durée indéterminée. La dernière mission datait de fin octobre 2019, après 780 jours en orbite. Développée par la NASA, reprise par la DARPA (agence de recherche militaire) puis transféré à l'U.S. Air Force, ce projet très mystérieux a les apparences d'un projet expérimental dont on ne sait rien.

CORÉE DU NORD :

Réapparition de Kim Jong-Un dont l'absence remarquée lors des célébrations du 108e anniversaire de la naissance de Kim Li-Sung, (fondateur du régime et grand-père du dictateur), a donné lieu aux plus folles rumeurs. Depuis le 11 avril dernier, on le disait au plus mal. Certains même le pensaient mort. C'est l'envoi d'une délégation médicale chinoise mandatée par le département de liaison du Parti communiste qui serait à l'origine de la *fake news* sur laquelle les médias du monde entier se sont jetés. Un magazine japonais – *Shukan Gendai*, pour ne pas le citer – rapportait même que le dirigeant était dans un état végétatif suite à une intervention nécessitant une endoprothèse, laquelle sous-entend l'existence d'un anévrisme. D'autres ont disserté sur le fait que Kim Yo-Jong, la sœur du dirigeant, se préparait à endosser la fonction de leader suprême. Bien que sujet à des problèmes cardiovasculaires liés à son obésité et à un tabagisme excessif, Kim Jong-Un s'est montré très en forme lors de l'inauguration d'une usine d'engrais. Les images diffusées par la télévision nationale qui le montre riant et fumant mettent à mal toutes les spéculations.

ESPAGNE :

Les Mossos d'Esquadra ont procédé à l'arrestation d'un homme suspecté d'être l'auteur de la série de meurtres dont les rues de Barcelone sont le théâtre début le début du confinement lié à la pandémie du nouveau coronavirus. Il aurait assassiné au moins trois hommes sans domicile fixe depuis le 19 mars en leur portant un violent coup à la tête. Le croisement des images de télésurveillance et des descriptions faites par certains témoins ont permis aux forces de l'ordre d'établir le signalement précis du suspect qui a été appréhendé dans la ville de Sant Cugat del Vallés, en périphérie de Barcelone.

CORONAVIRUS EUROPE :

Le déconfinement progressif voulu par les pays européens pour permettre à l'économie de se remettre en route, ainsi que l'ouverture des frontières de l'espace Schengen prévu pour le début de l'été, n'efface pas la menace d'une nouvelle vague épidémique. Les autorités sanitaires, au vu d'une recrudescence de la maladie dans d'autres pays du monde, alertent la population européenne : la liberté retrouvée ne doit pas faire oublier le respect des gestes barrières et de la distanciation sociale. La découverte récurrente de *clusters* sur le territoire, nécessitant l'isolement et la mise en quarantaine, ainsi que l'augmentation dans certaines régions du taux de reproduction (ou R effectif), inquiète. Prudence et vigilance doivent rester les maîtres-mots. Pour rappel, le R effectif considéré comme un des quatre indicateurs clés avec les taux de positivité, d'incidence et d'occupation des lits en réanimation doit demeurer inférieur à 1 pour que l'épidémie soit considérée en régression. Dans le cas contraire, cela signifie que chaque porteur du virus est en capacité de le transmettre à plus d'une personne et, de ce fait, de permettre à l'épidémie d'accélérer sa course. Les retrouvailles et les rassemblements de l'été risquent malheureusement, avec l'insouciance liée aux vacances, de mettre en péril les vies que l'épreuve du confinement a permis de préserver.

Informations de Dernière Minute

Virus & Permafrost
Février 2023

Une étude publiée dans la revue scientifique internationale *VIRUS*, datée du *18* février 2023, alerte *les autorités et les populations* à propos d'une menace de plus en plus pressante liée au réchauffement climatique.

Avec le dégel progressif du permafrost, on assiste à la libération en masse de matières organiques qui se décomposent ensuite en dioxyde de carbone et en méthane, des gaz à effet de serre qui alimentent à leur tour le changement climatique.

« *Une partie de cette matière organique est également constituée de micro-organismes ressuscités (procaryotes, eucaryotes unicellulaires) ainsi que de virus restés en sommeil depuis la préhistoire*», souligne l'étude.

L'année 2016 en a été une illustration très probante. Plusieurs cas d'anthrax avaient été rapportés chez l'humain et des rennes en Russie alors que la maladie n'avait pas fait de victime dans la région depuis 1941. L'enquête a révélé que sa réapparition était sans doute liée à des températures anormalement élevées durant l'été, ayant fait fondre une partie du permafrost dans lequel était emprisonné le cadavre d'un renne porteur du bacille du charbon – la bactérie responsable et dont les spores sont redoutables.

Les virus devraient donc devenir une priorité alors même que la fonte des glaces pourrait inviter des industries à s'installer dans la région arctique, entraînant une proximité accrue entre humains et pathogènes en dormance.

Des expériences menées en laboratoire ont démontré une infectiosité toujours présente après plus de 48 000 ans et la dangerosité de ces «virus zombies» dont certains peuvent se montrer particulièrement actifs et malheureusement mortels.

«*La preuve est définitivement faite que les virus capables de résister à des dizaines de milliers d'années (probablement beaucoup plus que*

50.000 ans, qui est la limite de la datation au carbone 14, mais probablement pas la limite de « survie ») de congélation ne sont pas rares », assure le professeur Jean-Jacques Arnaud de l'université Aix-Marseille. Et d'ajouter : « *Compte tenu de la diversité de ces virus à la fois dans leur structure particulaire et leur mode de réplication, on peut raisonnablement en déduire que de nombreux autres virus eucaryotes*[16] *peuvent également rester infectieux dans des conditions similaires* ».

En dégelant, le permafrost pourrait donc libérer d'autres particules virales. Il faudra alors se pencher sur la durée de leur infectiosité à l'air libre et sur la probabilité pour elles de rencontrer le bon hôte dans le temps imparti. Si certains affirment que le risque reste très improbable, d'autres préfèrent se montrer plus prudents : « *comprendre et se préparer à des événements à faible probabilité et à fortes conséquences est l'une des caractéristiques d'une stratégie de protection de la santé publique robuste* ».

Cependant, il est d'autres lieux sur Terre qui interrogent, des lieux jusque-là inexplorés.

16. Qui s'attaquent à des cellules possédant un noyau, les cellules humaines.

Ainsi les chercheurs vont-ils maintenant se pencher sur l'étude d'échantillons provenant de l'Antarctique, prélevés en mer de Ross.

« *C'est comme fouler une planète vierge à l'environnement totalement inexploré et grouillant d'une vie inconnue dont on ne saurait dire si elle est amie ou hostile* », conclut le chercheur français.

NOTE DE L'AUTEUR

Que les Luziens me pardonnent si j'ai doté la Villa Germaine d'une seconde tourelle en lui accolant un double symétrique…

Iorik Zuhaitz avait besoin d'une villa à son image et à sa mesure pour exister.

Mon imagination mise à son service n'a pu qu'y consentir.

LA
GESTE

www.gesteditions.com

Par ce logo, nous témoignons d'une volonté de réduire les impacts environnementaux liés aux activités de l'imprimerie. Nous choisissons un imprimeur impliqué dans la réduction des gaz à effet de serre. Le choix de nos papiers assure que la production a été faite à partir d'un produit à base de bois et a suivi le cahier des charges d'une gestion durable des forêts européennes. Achevé d'imprimer chez CPI Firmin Didot (2083141) en France en mars 2025 pour le titre « Meurtres à Saint-Jean-de-Luz ».

Mise en page : Emma Ratron - L'Atelier d'Emma
www.latelier-demma-graphisme.com

Dépôt légal : première semestre 2025

11, rue Norman-Borlaug
79260 La Crèche
05 49 05 37 22
contact@gesteditions.com